世界少年经典文学丛书

丹麦人荷尔格

[丹]安徒生　著

姜春香　编译

中国出版集团　现代出版社

图书在版编目（CIP）数据

丹麦人荷尔格／（丹）安徒生（Andersen,H. C.）著；姜春香编译.
—北京：现代出版社，2013.2　（2025.1重印）

ISBN 978－7－5143－1248－5

Ⅰ．①丹…　Ⅱ．①安…②姜…　Ⅲ．①童话－丹麦－近代－缩写
Ⅳ．①I534.88

中国版本图书馆 CIP 数据核字（2013）第 021493 号

作　　者	安徒生
责任编辑	李　鹏
出版发行	现代出版社
通讯地址	北京市安定门外安华里 504 号
邮政编码	100011
电　　话	010－64267325　64245264（传真）
网　　址	www. xdcbs. com
电子邮箱	xiandai@ cnpitc. com. cn
印　　刷	三河市嵩川印刷有限公司
开　　本	700mm×1000mm　1/16
印　　张	9
版　　次	2013 年 2 月第 1 版　2025 年 1 月第 4 次印刷
书　　号	ISBN 978－7－5143－1248－5
定　　价	39.80 元

序　言

　　孩子是未来的希望，是父母心中的天使，是充满快乐的精灵。小学阶段更是孩子最快乐的时光，是孩子成长发育的黄金阶段。为了让孩子学习更多的课外知识，享受更加丰富的学习乐趣，我们策划了本丛书！

　　从小让孩子多读课外书，对培养孩子健康的心态和正确的人生观无疑将起着非常重要的作用。自《语文课程标准》公布以来，不少富有敬业精神、有才干的教师，在他们的教学中，担当起阅读教育的重担。他们在严谨的选材中，利用丰富的文学资源，向学生推荐了大量优秀的课外读物，实施了以"练成阅读和作文的熟练技能"为重要内容的阅读教育。大千世界充满了丰富的知识。阅读能丰富小学生的语文知识，增强阅读能力，提高写作水平，开阔视野，增长智慧。阅读本丛书，能够使孩子享受到阅读的快乐，激发起更浓厚的阅读兴趣，孩子的生活将充满新的活力与幸福！本丛书精选了世界名著和中国经典书目中流传最广、影响最大、最脍炙人口的作品，是培养小学生理解能力、记忆能力、创造能力的最佳课外读物。

　　最后需要指出的是，本丛书把世界上流传甚广的经典童话、寓言等也尽收其中，并将这些文学作品重新编写审订，使作品在不影响原著的基础上更适合少年儿童阅读，在丰富他们课余生活的同时提高语言和文字表达能力。本丛书通过科学简明的体例、丰富精美的图片等有机结合，使小读者不仅能直观地领略作品的精髓，而且还能获得更为广阔的文化视野和愉快体验。希望本丛书能成为孩子生活的一缕阳光照亮孩子前进的道路，能成为一丝雨露滋润孩子纯净的心灵。

编　者

目　录

丹麦人荷尔格

　　丹麦有一个古老的城堡，名叫克龙堡，位于奥列·松得海峡边上。这儿每天都有成千上百的大船经过——英国的、俄国的和普鲁士的船只。所有船只在经过克龙堡时都会鸣炮向这个古老的城堡致敬：轰！这个古老的城堡也放炮作为回礼：轰！因为这就是炮所说的"您好！"和"谢谢您！"的意思。但是冬天没有船只从这儿经过，因为整个海面结了冰，一直结到瑞典的海岸，不过这很像一条平整而完好的公路。那上面飘扬着丹麦和瑞典的国旗，丹麦人和瑞典人世世代代地相互问候"您好！"和"谢谢您！"不过他们不是放炮，而是友好地握手和拥抱。两个国家的人经常互相交换食物，如白面包和点心——因为异国食物的味道总是最香的。

　　不过这一切都非常的和谐而美丽，不过最美丽的是那个古老的城堡——克龙堡。丹麦人荷尔格就在它里面一个黑暗的暗室里——谁也不会到这儿来。他身披铠甲，强壮的手臂上枕着他的头。长胡子一直垂到面前的一张大理石桌子上，而且深深地烙了进去生了根。荷尔格睡着，梦着，在他的梦里他看见了丹麦所发生的一切事情。每年圣诞节的前夕上帝总会安排一个安琪儿到来，亲切地告诉他说：你所梦见的东西全是真的，可以放心地睡觉，丹麦还是安全的没有遭到危险。不过假如有危险到来的时候，年老的丹麦人荷尔格就会苏醒过来。当他把他的胡子从大理石桌子上拉出来的时候，整个桌子就要裂开。这时他就要走出来，挥动他强壮的手臂和拳头，消灭敌人，排除危险，也让全世界各国都能感受到他的力量，听得到他的拳声。

年迈苍苍的祖父把关于丹麦人荷尔格的整个故事全告诉给他的小孙子们。这些孩子都知道，祖父所讲的故事是真的。这位老人一边讲着故事一边雕刻着，故事讲完时，也就雕出一个木像。它就是丹麦人荷尔格。他把它放在自己的船头上。老祖父是一个雕像的专家——这也就是说，他雕出放在船头上的像，而船就会以这个雕像来命名。现在他雕出了丹麦人荷尔格，他是一个长着长胡子的雄赳赳的威武的让人崇敬的英雄。他左手拿着长剑，右手放在丹麦的国徽上。

老祖父后来又讲了许许多多丹麦著名的男子和女子的事迹，以至后来这个小孙子就觉得老祖父所知道的东西跟丹麦人荷尔格所知道的是一样多——而后者只能在梦里知道。当这个小家伙睡觉前躺到床上的时候，他总是想着老祖父讲的故事，尤其是荷尔格，以至他真的把他的下巴贴在被子上，幻想着他自己也有了长胡子，并且还在被子上生了根哩！

不过老祖父依然坐在那里不停地雕刻着；他把最后的一部分也雕好了：这是丹麦的一个国徽。当他做完了以后，他把它们摆入在一起全部看了一下；并在脑海中重新加忆了他所读到过的、听到过的、和今晚对孙子所讲过的故事。最后他满意地点点头，摘下眼镜擦了一下，然后又慢慢地戴上。他自言自语道：

"是的，英勇的丹麦人荷尔格可能在我这一生中不会再来了。不过躺在床上的这个男孩子可能会梦到他甚至看到他，而且在危险来临真正需要的时候，可能和他一起保卫丹麦。"

老祖父又微笑地点了点头。仔细地端详看他的丹麦人荷尔格，他越发清晰地觉得他今晚雕的这个像太好了。而且他似乎觉得雕像身上射出了五彩光芒，国徽像燃烧的钢铁似的在发着灼眼的光芒。这个丹麦国徽里面的心变得更鲜红更明亮，同时头上戴着金色皇冠的三个狮子在跳跃着，怒吼着。

"这是世界上最美丽无瑕的国徽！"老人说。"这些狮子代表力量和地位，而这些心代表和善和友爱！"

他仔细地端详站在最上面的那只狮子，于是他想起了曾经征服了强大的英国，而把英国纳入丹麦统治的那个丹麦国王克努特。当他看到国徽上第二只狮子的时候，他就想起了统一丹麦和征服过温得人国土的瓦尔得马尔大帝。当他看到国徽上第三只狮子的时候，他就想起统一丹麦、瑞典和挪威的玛加利特皇后。不过当他再次仔细地端详那几颗鲜红的心的时候，忽然间发现它们发出了比以前更明亮更耀眼的光辉。它们变成了闪动着的鲜红的炙热的火焰，于是他的思绪就跟随着每一朵火焰在历史的长河里飞翔。

第一个火焰把他引导到一个黑暗而狭窄的监狱里去；有一个囚犯——一个美丽的女人——被关在这里面。她叫爱伦诺尔·乌尔菲德，她是国王克利斯仙第四世的女儿。这个跳跃的火焰变成了一朵绚丽的玫瑰花贴在她的胸口上，生根成长，直到与她的心连成一体，并开出了最美丽的花朵来——她是丹麦历史上的最高贵、最美丽、最好的女人。

"是的，这是丹麦国徽中的一颗心，它是爱伦诺尔·乌尔菲德的化身！"老祖父说。

随后第二个火焰继续牵引着他的思绪飞翔。它把他引导到大海上去：这儿正在进行着海战，大炮在轰轰地响着喷射出条条火蛇；许多船只被笼罩在炮火里面。这个愤怒地燃烧的火焰变成一枚金光闪闪的勋章，紧贴在微特菲尔得的胸前，他的船只已被大炮炸毁，燃起熊熊火焰；这时他为了要救整个的船队，奋不顾身的把自己和他的船炸毁。

　　第三个火焰把他带到格陵兰岛上的一个破旧的茅屋中去。这儿住着一位丹麦的牧师，名叫汉斯·爱格德；他毕生的言语和行动都充满了博爱、自由和友善。这个和谐的生命力旺盛的火焰是他胸前的一颗星，也是丹麦国徽上的一颗友爱心。

　　老祖父的思绪在第四个闪动着的火焰前面走，因为他知道火焰要到什么地方去。佛列得里克第六世严肃地站在一个普通的农妇的简陋房间里，用粉笔把她的名字郑重地写在屋梁上。跳跃的火焰在他的胸前激动地闪动着，也在他的心里无比兴奋而自豪地闪动着。在这个农妇的简陋房间里，佛列得里克第六世的心成了丹麦国徽上面的一颗和平公正平等的心。老祖父已经激动地流出了眼泪，他轻轻地把眼睛擦干，因为他以前就认识这位长有银色卷发的、有一双诚实的蓝眼睛的国王佛列得里克，而且曾经忠心耿耿地为他战斗，为他而活过。祖父把他的双手交叉在一起放到胸前，静静地无比崇敬地面向前方。这时老祖父的儿媳妇走过来了。她轻轻地说，时间已经很晚了，他现在应该休息，而且晚餐已经准备好了。

　　"不过你所雕出的这件东西真是太美丽了，祖父！"她说。"丹麦人荷尔格和我们古老的国徽！我似乎感觉以前看过这个面孔似的！"

　　"不对，那是不可能的，"老祖父说；"不过我倒是真的看到过的。所以我凭我的记忆，把它用木头雕出来。那是很多年前的事了，英国的游船停在哥本哈根海面上；丹麦历史书上记录是四月二号；在这天我们才意识到我们是纯正的丹麦人。我是在斯丁·比列统率的船队上服役。被安排在'丹麦'号船上，在我的身旁还站着另一个战士——子弹好像是惧怕他似的躲着他飞！他高兴地唱着古代的战歌。开着炮，战斗着，感觉他不仅仅是一个战士。我还能记得他的相貌。不过他来自什么地方，又到什么地方去了，我就一点儿也不知道——谁也不知道，我经常想，他一定是古代丹麦人的英雄荷尔格的化身——那位从克龙堡游到水里、在万分凶险和紧急的关头来帮助和救助我们的人。这是我的观点和记忆，他的样子就在这儿和雕像一样。"

这个雕像的大影子映到墙上，甚至有一部分还映到了天花板上去。真正的丹麦人英勇的荷尔格就好像站在那里，因为这影子在跳动：不过这也可能是因为燃着的蜡烛在跳动的缘故。儿媳妇亲吻了老祖父一下，然后轻轻地把他搀扶到桌子旁边的一张大靠椅上。她和她的丈夫——就是这个老人的儿子，也是睡在床上的那个小孩子的父亲——坐下来吃晚饭。老祖父谈着丹麦的狮子和丹麦的心，谈着威力和感情。他斩钉截铁地说，那把宝剑，除了宣示着武力以外，还代表着一种别的东西，说着他指着书架上堆放的一排排古书——荷尔堡所编著的剧本全都在里面。它们经常被人阅读，因为它们非常有意思，让人发醒。在它们里面，人们仿佛读懂了古时丹麦人民的精神、灵魂和信仰。

"你要记住，他很懂得怎么去战斗呢，"老祖父认真说。"他花了毕生的精力披露人们的愚蠢和偏见！"说着老祖父冲着镜子点点头——那儿悬挂着一个绘有圆塔的日历。他说："蒂却·布拉赫是另一位会正确运用这把宝剑的人——不是用来砍人的肌肉和腿，而是用来开辟出一条通往天上星星的康庄大道！另一个人——他的父亲也是干我这个行业的人——贝特尔·多瓦尔生，一个老雕刻匠的儿子。我们曾经亲眼看见过他，他满头银白的卷发、宽广的肩膀。他的名字享誉全球，众所周知！——是的，他是一个著名的雕刻家，而我不过是一个普通的木刻匠而已！的确，丹麦人的荷尔格以各种各样形式体现，让全世界的人都知道丹麦的力量。让我们来为贝特尔·多瓦尔生干杯好吗？"

不过睡在床上的那个孩子清楚地看到了古老的克龙堡和奥列·松得，以及端坐在这个古堡地下室里的那个真正的丹麦人荷尔格——他长长的胡须在大理石的桌子上生了根，同时看到他依然在梦着外面所发生的事情。丹麦人荷尔格也同样在梦着这位坐在一间简陋的小房间里的木刻匠；他听到了人们代代相传的所有事情，他在他的梦中满意而亲切地点头，说：

"是的，丹麦的人民请记住我吧！请你们在思想中记住，在你们危急的时候，我就会到来的！"

克龙堡外面依然是晴空万里。海风吹来邻国猎人的号角声，船只在旁边慢慢地开过去，同时鸣起礼炮："轰！轰！"克龙堡同时也鸣炮作为回礼："轰！轰！"但是，不管来往的船只和人们怎样喧闹地放着炮，丹麦人荷尔格并不醒来，因为这些炮声只是代表了友好，互相表示"您好！"和"谢谢您！"的意思罢了。只有在另外一种炮声响起来的时候他才醒来，而且他一定会醒来，因为丹麦人的身体里充满了荷尔格勇气和力量。

城堡上的一幅画

　　美丽的秋天，气候风景宜人，我们站在城堡上远眺大海。海上有许多大小各异、结构造型互不相同的船只来往穿梭，海岸线的尽头是瑞典。西落的霞光火红的一片，景象十分壮观。城堡非常陡峭，一大片的森林在它的后面，树的叶子已变黄，风一吹便一片一片地落在地上。森林里有一所大房子，四周围着栅栏，几个哨兵正在巡逻，这是关押囚犯的场所。房子内部狭窄而黑暗，看上去十分的阴沉。做过坏事的人都被囚禁在里面。

　　阳光明媚，公平地照在每个人身上，不管他是善良的人，还是已经犯罪的恶人。几缕光线射进了一个囚犯的屋子里，这个恶毒的犯人用冰冷的目光向四周扫视了一眼。一只鸟从这里经过，栖息在铁窗外的大树上。小鸟不分善恶，舒展歌喉，唱起美丽动听的曲子。很快它停下来，拍拍翅膀，梳理一下全身竖起来的羽毛。囚犯的双手双脚已被手铐脚镣套住了，他脸部的表情一直阴沉沉的，没有笑容，但这时却露出了少有的温柔。铁窗外盛开的鲜花，小鸟还在那里欢快地歌唱，射进来的阳光让他的脑海中闪现出一种非常奇妙的想法，一个他还没好好想一下，加以最终去验证的想法。这时，从不远处传来了打猎的人们吹响的号角声，树上的小鸟全都飞走了，太阳也收回光线。屋子里静得针落在地上的声音都能听见，空荡荡的房间里只剩下了囚犯和黑暗了。罪人的心里现在也漆黑一片。可阳光曾经照进了他的心房，小鸟的歌声也早已透进他的心房，那里曾有过十分短暂的光明与无限的美好。轻快、嘹亮的号角声依然在继续吹着！无风的黄昏是多么的温柔，海水悠闲地拍打着岸边的礁石，一切是多么的美好啊！

小杜克

　　是的，接下来是关于小杜克的故事。他的名字其实并不是真的叫杜克；只是因为很小时开始咿咿学语的的时候，他经常把自己叫作杜克。它应该是"加尔"——知道这一点没有坏处的。现在他得照顾比他小很多的妹妹古斯塔乌，同时自己还要学习功课。但是同时要做这两件事情是很难的。这个可怜的孩子把小妹妹抱在膝上，哼唱一些他所会唱的歌，同时，他还在仔细地阅读那一本地理书。因为他想用一天的时间，来记好瑟兰主教区所属范围内所有城市的名字，知道人们应该知道的一切关于它们的故事。

　　天悄悄地暗了下来，他的妈妈终于从外面回来了。她把小小的古斯塔乌抱了起来。杜克跑到窗子那儿，借着微薄的光贪婪地读着书，几乎把眼睛都看花了，天已经慢慢黑下来了，但是他的妈妈没有钱买蜡烛。

　　"那个洗衣的老奶奶从街上回来了，"妈妈望着窗子外面说。"她连走路都那么吃力，但是她还要从井里打水上来。杜克，好孩子，快过去帮助那个老奶奶一下！"

　　杜克马上就跑过去帮她把水打上来，不过当他回到房里来的时候，天已经很黑了。他们买不起蜡烛；他只得上床去睡，而他的床其实就是一张旧板凳搭的。他躺在床上，脑子里温习着他的地理功课：瑟兰的主教区和老师所教授的一切东西。他真的应该先温习好，但是他现在没有办法做到。因为他听说地理课本放在枕头底下，就可以帮助人记住课文，尽管他认为这个办法不一定是真的有效，但是他还是这样做了。

他躺在那上面，想了很多很多的事情。忽然他感觉有人吻他的眼睛和嘴。他似乎睡着了，又似乎没有睡着。他感觉到那个洗衣老奶奶正在用温柔的眼睛看着他，微笑地对他说：

"如果你记不住你的功课，那真是太可惜！你帮助过我，我现在应该报答你。我们的上帝总是喜欢帮助人也同样知道感恩！"

杜克的那本地理书忽然在他的枕头底下轻轻地沙沙地动起来了。

"咕克——哩基！咕！咕！"书里跑出来一只老母鸡——而且它是一只却格的鸡。

"我是一只生活在却格的母鸡，"它说。

然后它开始告诉他，关于那个小镇的事情，告诉他那里有多少居民，那儿曾经打过一次仗——虽然这的确不值得一提。

"克里布里，克里布里，扑！"又有一件什么东西从书里掉落下来，这是一只木雕的鸟——一只在布列斯托射鸟比赛时赢来的鹦鹉。它说那儿有很多很多的居民，就像它身上的钉子一样。它很骄傲地说，"多瓦尔生就住在那，而是就在我的附近。扑！我睡得真舒服！"

但是现在小杜克好像不是在睡觉，他像骑上了一匹骏马。跑！跑！跳！跳！马儿风驰电掣般奔跑着。一位穿得很威武的骑士，戴着银白色闪亮的头盔插着修长的羽毛，把他抱上马，坐在他的马鞍前面。他们穿过森林，来到一座古老的城市伏尔丁堡——这是一个非常繁华的大都市。国王的宫殿高耸入云，顶上耸立着很多高塔；塔上的窗子里照耀着耀眼的亮光。那里面一派歌舞声平景像。国王瓦尔得马尔和许多美丽的宫女们在一起跳着舞。天渐渐亮了，当太阳爬上来的时侯，整个城市和国王的宫殿慢慢地沉了下去。那些高塔也接二连三地不见了，最后只剩下了一座塔屹立在原来宫殿所在地的山上。它现在只是一个清静的小城镇。小学生把书本夹在胳膊下走来了，说："两千个居民。"不过这不是真的，因为事实上根本没有这么多人。

小杜克躺在床上，好像是在做梦，可又不像在做梦。因为有一个人站在他身边。

"小杜克！小杜克！"有个声音在喊他。这是一个水手——一个非常小的人物，小得仿佛是一个海军学生，可他并不是一个海军学生。"柯苏尔让我代表他来向你致敬——这个城市正在快速地发展，这是一个充满活力的、有汽船和邮车的城市。以前，大家都说它很丑，可是现在再这样说它就不对了。"

"我住在海边，"柯苏尔说。"我有一条公路还有可以游玩、嬉戏的公园。我那儿有一位诗人，他是非常幽默的——就一般的诗人而言，这是很缺乏的。有一次我很想乘一条船去周游世界。虽然我可以做得到，我却没有这样做。我总是散发着芬芳的气息，因为在我的城门边上有许多迷人的玫瑰花在热闹地盛开。"

小杜克看着它们：在他眼中它们是红色的和绿色的。当这红红绿绿的色彩慢慢消散了以后，附近澄清的海湾上就浮现出一个长满了树林的斜坡。斜坡上面有一座漂亮的老教堂，老教堂顶上有两个很高很高的尖塔。一支清亮的山泉从山里流出来，发出叮叮咚咚的声音。一位长头发的年老的国王坐在泉水旁，他的头上戴着一顶耀眼的金王冠。他就是"泉水旁的赫洛尔王"——据说是他建立了现在人们所说的罗斯吉尔得镇。凡是丹麦的国王和皇后，头上都戴着金王冠，手拉着手地走到这座山上的古教堂里来。于是琴楼上的风琴奏起了，泉水也发出叮叮咚咚的悦耳的声音。杜克看到了这些美丽的画面，也听到了这些迷人的声音。

"请一定要记住这个王国的各个省份！"国王赫洛尔说。

所有的一切马上就不见了。这是真的，那它们又变成了什么呢？这就像翻了一页书一样。现在这里有一个老农妇，她来自苏洛，做锄草的工作——这儿连市场上都长起了草来。老农妇把她的灰叽叽的布围裙披在头上和肩上，围裙摸上去是潮湿的，显然是下过雨了。

"是的，下过了一阵雨！"老农妇说。她知道荷尔堡的剧本里有一些生动有趣的故事，关于瓦尔得马尔和亚卜萨龙的事情她也都了解。可是她突然蹲下来，摇着脑袋，仿佛要跳跃一样。"呱—呱！"她说。"天下雨了！天下雨了！苏洛跟坟墓一样的安静，"她现在变成了一只青蛙——"呱—呱"——可一会儿她又变成了一个老妇人。"人们应该根据天气而决定穿什么衣服才正确！"她说。"天下雨了！天下雨了！这个我住的城市就像一个瓶。你连同瓶塞一起进到瓶子里，最后你还得从瓶口出来！以前瓶子里面装着些鲇鱼，而现在里面有一些脸蛋红扑扑的孩子。他们学到了丰富的知识——希伯莱文，希腊文——呱—呱！"

这跟青蛙"呱—呱"的叫声很像，又像一个人穿着一双大靴子在沼泥地上踩出的声音：老是重复着一样的老调子，既单调，又枯燥，枯燥得让小杜克要沉沉睡会儿了，而酣睡却是非常美好的事情。

即使是在这样的酣睡中也竟然做起梦来——也可以说类似做梦一样。他长着一双蓝眼睛和一头金黄色卷发的小妹妹古斯塔乌突然变成了一个美丽窈窕的小姐。她虽然没有翅膀，但是她能像鸟一样飞翔。现在他和小妹妹一起飞到瑟兰，飞过绿色的丛林和蓝色的湖泊。

"你听见公鸡叫了吗？小杜克？叽—克—哩—基！一大群母鸡从却格飞了出来！你可以拥有一个养鸡场——一个非常大、非常大的养鸡场！这样你就不会再饥饿和穷困！就像俗语所说的，你将射得鹦鹉：你将变成一个富裕且快乐的人！你的房子将会像山一样高耸云端，就跟国王瓦尔得马尔的塔一样矗立着。房子里会有很多精美的大理石像——就跟从布列斯托那儿搬来的一模一样——来装饰它。你明白我说的意思吧。你的名字也会像从柯苏尔开出的船一样，周游世界。"同时在罗斯吉尔得——"请一定要记住这些城市吧！"国王赫洛尔说。"小杜克，你说出的话将会是聪明而有睿智的。当最后你跨入坟墓的时候，你将会睡得很平安——"

"就好像我是躺在苏洛一样！"小杜克说，然后他便醒来了。这是一个美好的晴朗的早晨，他一点儿也记不起他做的这场梦。不过这也没有什么关系，因为人们是不需要知道未来所发生的事情的。

现在小杜克从床上跳下来，读他的书的时候，马上他就懂得了所有的功课。那个洗衣服的老妇人把头伸进门来，冲他点点头，说：

"好孩子，非常感谢你昨天帮了我的忙！愿上帝保佑你美梦成真！"

自己到底做了一场什么梦，小杜克一点儿都不知道，不过上帝知道！

老房子

街上有一座很古老很古老的房子，差不多有三百年的历史，这一点人们从它的大梁上就能看出来；大梁上雕刻着郁金香和牵藤的啤酒花花纹——而它建造的年月被刻在这中间。大梁上面刻着整首的用古老字体撰写的诗篇，在每扇窗户的梁上还刻着脸谱，露出讥笑的表情。第二层楼比第一层楼向外凸出许多，屋檐下有一个铅水笕上面刻着龙头。雨水本来应该从龙嘴里淌出来，但它却从龙的肚皮中冒出来了，因为水铅笕有一个洞。

除了这栋老房子，街上其他的房子都是崭新又整洁的：它们的墙壁很光滑，窗玻璃宽大又明亮，人们可以看得出，它们可不乐意跟这座老房子打交道。它们肯定在想："那个老家伙真像一个笑话，看它在这里还能站多长时间？它的吊窗凸出墙外这么远，以至于谁也不能从我们的窗子这边看到那边发生了什么事情。它的楼梯像宫殿里的楼梯一样宽，高得好像要延伸到一个教堂的塔里面去。它的铁栏杆像一个家庭墓窖的门——上面还镶着黄铜小球。它可真是笑柄！"

在它对面也是崭新、整洁的房子。它们也有一样的想法。不过这儿有一个小孩坐在窗子里面。他有一张红扑扑的小脸和一对亮晶晶的眼睛。他非常喜欢这座老房子，无论在阳光里还是在月光里他都喜爱它。

他看到那些脱落了泥灰的墙壁，坐在窗前幻想出许多奇特的画面来——这条街、那些楼梯、吊窗和尖尖的山形墙，在古代的时候会是什么样子的呢？他可以看到拿着戟的士兵，也可以看到形状像龙和鲛的铅水笕。

这的确是一座值得一看的房子！房子里住着一个老人。他穿着一条天鹅绒的马裤，一件钉着大黄铜扣子的上衣；他还戴着一顶假发——人们一眼就能看出来这是顶真的假发。每天早晨都会有一个老仆人来为他打扫房间和跑腿。除此之外，这座老房子里就只有这个孤伶伶的穿天鹅绒马裤的老人了。有时候他走到窗子跟前，朝外面望一眼。这时那个小孩就对他点点头，当作打招呼。他们就这样认识了，并且成了朋友，虽然他们从来没有开口说过一句话。不过事实上也没有开口讲话的必要。

小孩曾经听他的父母说过："对面的那个老人虽然很富有，但是却非常的孤独！"

下一个星期天来到了，小孩用一张纸包了点东西，走到门口。当那个为老人跑腿的仆人走过时，小孩就对他说：

"请听我说！请你把这东西带给对面的那个老人好吗？我有两个锡兵，我想把其中的一个送给他，因为我听爸爸妈妈说他是一个非常孤独的人。"

老仆人高兴地朝孩子笑了笑，并点了点头，然后就把锡兵给老人带去了。不一会儿他就来问小孩，愿不愿意亲自去拜访一次。小孩的爸爸妈妈允许他去，于是他就去拜访那个老房子了。

台阶栏杆上的那些铜球比平时还要闪亮，让人觉得这是专门为了小孩的到来而擦亮的。那些雕刻的号手——门上刻的都有号手，他们站在郁金香里——都在用力地吹喇叭；他们的小脸蛋比以前鼓得还要圆。是的，他们在吹："嗒—嗒—嘀—嘀！小朋友到来了！嗒—嗒—嘀—嘀！"于是门便开了。

整条走廊的墙上挂满了古老的画像：有穿着铠甲的威武的骑士，也有穿着绸缎的美丽的女子。铠甲发出当当的响声；绸衣在窸窸窣窣地抖动着。再往前就是一个楼梯，它高高地延伸到上面去，当你走到略为弯下一点儿的地方时，你就到了一个阳台上。它看上去的确快要塌掉了。

四处看去都是长长的裂痕和很大的洞，那里面伸出许多草和叶子。因为阳台、院子和墙上都长满了茂密的绿绿的植物，所以整体看起来这里就像一个漂亮的大花园。事实上这只不过是一个阳台而已。

这里有一些古老而破旧的花盆：它们都长着一张面孔和一对驴耳朵。花儿在里面随意地生长着。有一个花盆长满了石竹花，这些冒出了许多嫩芽，长满了绿叶子的花儿们开心地说："微风抚摸着我，太阳亲吻着我，而且我将在下星期日开出一朵小花——下星期日我要开出一朵美丽的小花啦！"

接着他走进一个房间。房间的墙上糊着满满的猪皮；猪皮上还印着朵朵金花。墙儿说：

> 镀金消失得很快，
> 但猪皮永远不坏！

许多高背靠椅沿墙壁摆放得整整齐齐；每把椅子都有扶手，而且刻着漂亮的花。

"请坐啊！请坐啊！"它们说。"啊，像那个老碗柜一样，我的身体就要裂开了！我肯定是得了痛风病！我背上一定得了痛风病，哎！"

然后这孩子走进了一个客厅，而那个吊窗就在这客厅里，那位老人也在这客厅里。

"我亲爱的小朋友，非常谢谢你送给我的锡兵！"老人说，"你来看我，我非常高兴！"

"谢谢！谢谢！"——所有的家具发出"嘎！啪！"的语言。它们的数目非常多，以至于当它们都来看这孩子的时候几乎挤成一团。

墙中央挂着一个穿着古代时候衣服的美丽女子的画像。她长得很年轻并快乐地微笑着；她柔软的头发和挺直的衣服上扑满了粉。她既不说"谢谢"，也不说"啪"；而只是温柔地注视着这个小孩子。于是小孩子就问老人：

"您是从哪里弄到这张画像的？"

"从对面那个旧货商人那里弄到的！"老人说。"虽然那里挂着许多画像，可谁也不认识他们，而且也不愿意去管他们，因为在人们眼里他们早就被埋葬掉了。以前我认识这个女子，不过她已经死了，而且死了半个世纪啦。"

在这幅画像下边，玻璃的后面，挂着一个枯萎了的花束。它们肯定也有半个世纪的历史了，因为它们看起来也古老极了。那个大钟的钟摆摇来晃去，钟上的指针滴答地转动着。这房间里的一切都在时时刻刻地变老着，但是人们却不这么觉得。

小孩子说："听爸爸妈妈说，你一直过着非常孤独的生活！"

"哎，"老人说，"以前的回忆以及与回忆相关的事情，都回来了，而且你也来拜访我了！我觉得非常开心！"

于是老人从书架上抽出一本画册：画册里有许多我们现在已经见不到的华丽的马车行列，许多兵士打扮得跟纸牌上的"贾克"一样，还有挥着旗子的市民：裁缝挥着的旗帜上画着一把大剪刀，它由两只狮子抬着；鞋匠挥着的旗子上绘的不是靴子，而是一只双头鹰，那非常符合鞋匠，他会把一切东西安排得让人一看就知道："那是一双。"就如描述的，是这样的一本画册！

老人去另外一个房间里拿一些蜜饯、苹果和坚果来——这让人觉得老房子里的一切都太可爱了。

"我再也呆不下去了！"立在五斗柜上的那个孩子送给老人的锡兵

说。"这里不仅寂寞，而且悲哀。一个过惯了家庭生活的人，在这里实在是呆不下去了！我再也无法忍受了！我在这里的日子够长了，而夜晚却更漫长！这里的情形跟在你们家的情形完全不同。你的爸爸和妈妈总是在一起愉快地聊天，你和别的可爱的孩子也在开心地玩耍吵闹。哎！而这个老人，他是多么的冷清寂寞啊！你觉得他会得到一个吻吗？你以为人们会温和地看他一眼吗？你觉得他会有一棵圣诞树吗？事实上，他什么也没有，只有默默地等待死去！而我再也无法忍受下去了！"

"你应该从开心的角度去看这些呀！"小孩子说。"我觉得这里的一切都非常可爱！更美妙的是旧时的回忆以及与回忆有关的事情也都来拜访这儿了！"

"虽然是这样的，但是我看不见它们，当然也不认识它们。"锡兵说。"我再也不想忍受下去了！"

"你要忍受并且呆下去。"小孩子说。

这时老人走了进来，他愉快的面孔上露出微笑，他拿着最甜美的蜜饯、苹果和坚果给小孩子。小孩子便不再去想锡兵了。

这个小孩子，怀着幸福和愉快的心情，回到家来。许多日子过去了、又许多星期过去了，和对面那个老房子里的老人，又有许多往返不停地相互点头。最后小孩子忍不住又去拜访了。

那些雕刻的号手又吹起："嗒—嘀—嘀，嗒—嗒—嗒！小朋友又来了！嗒—嘀—嘀！"接着图像上的骑士身上的剑和铠甲又当当地响起来了，那些绸缎衣服又窸窸窣窣地动起来了。那些贴在墙上的猪皮又讲起话来了，那些像老碗柜一样的老椅子背上的痛风病又发作了。噢！这跟第一次来的时候一模一样，因为在这老房子里，这一天，这一点钟完全跟另一天，另一点钟是相同的。

"我再也不想呆在这儿了！"锡兵说。"我已经淌出了锡眼泪！这里太凄凉了！我宁愿到战场上去，即使丢掉我的手和脚——这样生活总算还有点不一样。我再也忍受不下去了！我现在才明白，回忆以及与回忆相关的事情来拜访是什么滋味儿！我的回忆也来拜访了。请相信我，回忆带给我的是不太愉快。我都想要从五斗柜上跳下去了。你们在对面房子里面的生活，我看得非常清楚，好像你们就在这儿，就在我身边一样。又是一个礼拜天的早晨——你们都很熟悉的一天！孩子们站在桌子旁边，唱你们每天早晨都要唱的圣诗。你们把手合在一起，庄严地站在桌子旁；爸爸和妈妈也庄严地站着。然后门开了，小妹妹玛利亚被领进来了——她还不到两岁；但是不管什么时候，只要玛利亚听到音乐或歌声，而且无论是什么音乐或歌声，她都会跳起舞来。虽然她还不怎么会跳舞，但是听到音乐或歌声她就要马上跳起来。可是因为拍子太长了，玛利亚跳得不怎么合拍子。她先单腿站着，把头弯向前，然后再换另一只腿站着，还是把头向前弯，可是这次弯得却不好。你们都站着一句话都不说，其实这是很难做到的。于是我在心里笑起来了，因此我从桌上滚了下来，而且还摔出一个包来——这个包到现在还在——因为我笑这件事是不对的。但是发生的这一切，以及我所经历过的许多事情，现在都回到我的心里——这肯定就是回忆以及与回忆相关的事情了。请你告诉我，你们依然在礼拜天唱歌吗？请能告诉我一些关于小玛利亚的消息吗？还有我的老朋友——另一个锡兵——他现在还好吗？我想，他一定是比我很快乐的！——而我却再也呆不下去了！”

“我已经把你送给老人了！”小孩子说。“你应该安下心来。对于这一点你还看不出来吗？”

就在这时，那个老人拿着一个抽屉走了进来。抽屉里盛着许多东西：粉盒、香膏盒、旧纸牌——它们不仅很大，还镀着金，可是现在在我们那儿是看不到这样的东西的。老人还打开了许多抽屉，然后又打开了一架钢琴，钢琴盖上绘着一幅美丽的风景画。当这老人坐在钢琴前弹奏的时候，钢琴就发出了粗哑的声音。然后那个老人就哼出一支歌来。

"事实上，这个女子也能唱这支歌！"老人说。于是他对那幅从旧货商人那儿买来的女子画像点点头。然后老人的眼睛变得明亮起来了。

"我要上战场！我要去战场！"锡兵站在柜子上提高嗓门大声叫着，然后他就栽到地上去了。

可是，锡兵到什么地方去了呢？不仅老人在找，小孩也找起来，但是无论如何也找不见了，锡兵失踪了。

"我一定会找到他的！"老人说。但是老人永远也没有找到锡兵，因为地板上有太多洞和裂口了。锡兵从柜子上栽下来后滚到一个裂口里去了。他躺在那里不能动，好像是呆在一个没有盖土的坟墓里一样。

一天很快就过去了，小孩子回到家里。然后一星期过去了，接着又过去了许多星期。小孩子在窗边坐下来，在已经结了冰的窗玻璃上用暖暖的哈气融出一个小孔来看看那座老房子。飞舞的雪花飘进了那些刻花和刻字里去，整个台阶也被雪花盖住了，这座老房子里好像没有住人一样。事实上，老房子里现在也没有人，因为那个老人已经死了！

黄昏的时候，一辆马车停在老房子门口。人们把老人放进棺材，又把棺材抬上马车。他是要被埋进他在乡下的坟墓的，他现在就要被运到那儿去，可是没有人来给他送葬，因为他所有的朋友都已经死了。当老人的棺材被运走的时候，小孩子在后面用手给他飞吻。

几天过去了，人们在老房子里举行了一次拍卖。小孩子从他的窗子里又看到了那些穿着铠甲的骑士和穿着绸缎的女子图像，人们把那些有长耳朵的花盆和那些有痛风病的椅子以及古旧的碗柜都搬走了。有的被搬到这儿，有的被搬到那儿。那个女子的画像——在那个旧货商店里找来的——又被搬回到那个旧货商店去了，然后就一直挂在旧货商店里，因为人们不认识她，谁也不愿意要一张那么古旧的画。

春天来到了，这座老房子就被拆掉了，因为人们觉得它是一堆废品。那个墙上贴着猪皮的房间，人们从街上一眼就能看到。那些猪皮不但被扯了下来，还被撕得粉碎。那个像花园一样的阳台上的花草，挂在倒下的梁上。现在人们要把老房子占的地方清扫干净。

"这样好极啦！"周围的房子说。

人们盖起了一幢漂亮的新房子：它有宽敞明亮的窗子，还有平整洁白的墙壁，而清理了的老房子的地方却成了一个小花园。野生的葡萄藤爬满了相邻的墙壁。花园前面竖立着庄严的一道铁栏杆和一个铁门。人们路过这时就会停下脚步，朝里面张望。

麻雀成群结队地栖在葡萄藤上，唧唧喳喳地互相讨论着。不过它们谈的可不是那幢老房子的事情，因为它们对那些事已经模糊不清了。许多年过去了，当年那个小孩子已经长成了大人，长成了一个他父母所期望的有能力的人。他不久前刚结了婚，他要和他的妻子搬进这幢有小花园的房子里来。她在小花园里栽一棵她觉得很漂亮的野花，他就站在她的身边。她用她灵巧的手把野花栽种下去，并用她的指头把野花周围紧紧按上些泥土。

"啊！这是什么？"不知道是什么东西刺着了她的手。

松软的泥土里冒出来一个尖尖的东西。这会是什么呢？竟然是那个锡兵——在那个老人房间滚落到洞里而不见了的锡兵。他和烂木头在垃圾里呆了这么久，老房子被拆了后又在土里睡了许多年。

年轻的妻子先用一片绿叶子擦拭那个锡兵，然后又用她漂亮的、香香的手帕把锡兵擦干净。然后锡兵好像是从昏睡中恢复过来了。

"给我瞧瞧！"妻子旁边的年轻人说。然后他边笑边摇起头来。"啊！这怎么可能是他呢，但是他却使我想起了我小时候跟一个锡兵的一段故事！"

于是他就对他的妻子讲了那个关于老房子、老人和锡兵的故事。他把锡兵送给了那个孤独的老人，因为他是那么寂寞。他讲得那么仔细，就像是真的发生过一样。年轻的妻子禁不住为那座老房子和这个老人流出了眼泪来。

"这说不定就是那个锡兵!"她说。"让我把他好好保存起来,以便记住你给我讲的这个故事。还有,你能不能把那个老人的坟指给我看看!"

"我不知道老人的坟在什么地方呀,"他说,"任何人都不知道它!因为他所有的朋友都死了;当然也没有人去照料它,而我那时候还只是一个小孩子!"

"他是一个多么孤独的人啊!"她说。

"是的,可怕的孤独!"锡兵说,"但是,你们还记得他,他居然没有被人忘掉,这倒也使人开心!"

"开心!"旁边有一个声音喊。但是除了锡兵以外,谁也看不出喊叫的是以前贴在墙上的一块儿猪皮。它上面的镀金已经掉光了。它现在的样子像极了潮湿的泥土,但它还是原来的它,它说:

　　　　镀金消失得很快,
　　　　但猪皮永远不坏!

可是锡兵却不相信它这套理论。

一滴水

对于什么叫作放大镜，我想你是知道的——它是一种圆圆的玻璃，可以把一切东西放大到比它原来的体积大一百倍。当你从池子里取出一滴水来，你就会看见许多种奇怪的生物，大概有一千多种——如果不借助放大镜的话。你是看不见它们的。不过它们确实存在着，这可不是假的。你看这好像是龙虾，它们欢快地跳跃着，上上下下。它们看上去很凶猛，彼此扯着腿和臂、尾巴和身体；不过在它们自己却感到愉悦和开心。

从前有一个老头儿，大家叫他克里布勒·克拉布勒，这是他的名字。对于所有的东西他总是希望抽到最好的。如果没有达到他希望的，他就要使用魔术了。

有一天，他坐在桌子旁拿着一个放大镜放在眼前；他在瞧一滴从沟里取来的水。啊，那才是一幅活蹦乱跳的景象呢！数不清的小生物在跳跃着，互相撕扯，互相吞食。

"这太可怕了！"老克里布勒·克拉布勒说。"难道我们不能让它们生活得和平和安静一点儿吗？不能让它们不要管别人的闲事吗？"

他绞尽脑汁地想，可怎么也想不出办法。最后他决定使用魔术了。

"为了让它们显得清楚，我得把它们染上颜色！"他说。

然后他往这滴水里滴进了一滴像红酒一样的东西，其实那是巫婆的血——最上等的了，每滴血可是价值两个银毫啊。于是，那些奇异的小生物就变成了粉红色的；水滴简直成了住着一群裸体野人的城市。

"这些东西是什么？"另外一个魔法师问他。这个魔法师没有名字——这正是他出名的原因。

"嗨，如果你能猜出它们是什么的话，"老克里布勒·克拉布勒说，"我就把这东西送给你。不过，我认为你是猜不出来的，要猜出来可是很难的。"

这个没有名字的魔法师往放大镜里面瞧去。这真像一个城市，那里面的人赤身裸体地跑来跑去！这太骇人了！不过更骇人的是他看到一个人在打着和推着另一个人，他们互相撕咬，拉扯和捶着。在下面的想要爬上去，而在上面的又要钻到下面去。

"看呀！看呀！他的腿竟然比我的腿长！呸！去他的！有一个人的耳朵后面长了一个无害小瘤——虽然无害，可也让他觉得疼，而这小瘤会使他将来感到更疼！"

于是大家都来砍这个瘤，拖着他；而且就是因为这个小瘤，大家竟然把这人给吃掉了。不过有一个人坐在那里一声不吭，像是一个害羞的小姑娘，她只希望大家能和平和安静的生活。但是大家不让这位小姑娘坐在那儿。于是他们把她也拖了出来，并且打她，最后也把她给吃掉了。

"这真是滑稽透顶！"没有名字的魔法师说。

"的确是这样，你知道这是什么东西吗？"老克里布勒·克拉布勒问。"你能猜出来吗？"

"这太容易看出来了！"魔法师说。"这其实就是哥本哈根的缩影，或者是某个别的大城市——事实上它们都是一样的。这就是大城市！"

"嗨，伙计，事实上这不过是沟里的一滴水而已！"老克里布勒·克拉布勒说。

母亲的故事

　　一位母亲坐在她孩子的身旁，此刻，她焦虑万分，因为她害怕她的孩子会死去。他的小脸蛋已经没有正常的血色了，他的眼睛也闭起来了。他的呼吸很困难，只偶尔深深地吸一口气，给人的感觉好像又是在叹息什么。母亲望着这个小生命，样子比以前更愁苦了。有人在敲门。一个穷苦的老头儿走了进来。他裹着一件宽大得像马毡一样的衣服，因为也只有这样才会使人感到更温暖些。外面还是寒冷的冬天，一切都被雪和冰覆盖了，狂风刺人的面孔。

　　当老头儿正冻得发抖，这孩子暂时睡着了的时候，母亲就走过去，在火炉上的一个小罐子里倒进了一点儿啤酒，为的是让老人喝点儿暖一下身子。老人坐下来，摇着摇篮。母亲也在他旁边的一张椅子上坐了下来，望着呼吸很困难的孩子，不由自主地紧紧握着他的一只小手。

　　"你以为我要把他拉住，是不是？"她问。"我们的上帝不会把他从我手中夺去的！"

　　这个老头儿，也许你不会相信的——他就是死神——用一种奇怪的姿势点了点头，他的意思好像是说"是"，又像"不是"。母亲低下头望着地面，眼泪沿着双颊一刻不停向下流。她的头此刻变得非常沉重，因为她三天三夜都没合过眼睛了。现在她睡着了，不过只睡着了片刻；

她就惊醒了起来，浑身上下不由自主打着寒颤。

"这是怎么一回事？"她说着，同时向四周张望。不过那个老头儿已经不见了，她的孩子也不见了——他已经把她那个苦命的孩子带走了。墙角那儿的一座老钟还在发出咝咝的声音，"扑通！"那个铅做的老钟的钟摆落到地上了。钟也停止了运动。

这个可怜的母亲跑到门外，在凛冽的寒风中呼喊着她的孩子。

在外面的雪地上不知什么时候正坐着一个穿黑长袍的女人。她说："死神刚才和你一道儿坐在房间里，我看到他抱着你的孩子急急忙忙地跑了。他跑起路来比风还要迅速。凡是他所拿走的东西，他永远也不会再送回来！"

"请告诉我，他朝哪个方向走了？"母亲说，"请把死神刚才走的方向告诉我吧，我要去找他！"

"我知道！"穿黑衣服的女人说，"不过在我告诉你之前，你必须把你对你的孩子唱过的所有你最喜欢的歌曲都唱给我听一遍。我非常喜欢那些歌，我从前听过的。我就是'夜之神'。你唱的时候，我看到你流出眼泪来。"

"我把这些歌唱给你听，都唱给你听！"母亲神情坚定又略有伤感地说。"不过请不要留住我，因为我得一刻不停地追赶死神，把我的孩子找回来。"

不过，夜之神坐着一声不吭。母亲只有痛苦地扭着双手，唱起了歌，流着眼泪。她唱的歌有好多好多，但她流下的眼泪就好像掉了线的珍珠一样，于是夜之神说："你可以向右边的那个黑枞树林去追死神；我看到死神抱着你的孩子向那条路的方向去了。"

路在树林深处和另一条路交叉起来；她不知道究竟该走哪条路。这儿有一丛荆棘，既没有一片叶子，也没有一朵花。这时正是严寒的冬天，那些小枝上还挂着冰柱。

"你看到死神抱着我的孩子走过去了吗？我求求你告诉我好吗？"

"看到过。"荆棘丛说，"不过，我不愿告诉你他所去的方向，除非你把我抱在怀里让我冰冷的身体温暖一下。我在这儿冻得要死，我冻得快要变成冰了。"

于是，她就把荆棘丛抱在自己暖暖的怀里，抱得很紧，好使它能够感到温暖。荆棘刺进了她的肌肉，她的血一滴一滴地流了出来。但是，荆棘丛却出人意料地长出了新鲜的绿叶，而且在这寒冷的冬夜开出了花，因为这位心如刀割的伟大母亲的心是那么的温暖！于是荆棘丛就告诉她应该朝哪个方向走。

没多久她来到了一个大湖边。湖上既没有大船，也没有小舟。湖上还没有足够的厚冰可以托住她的身体，但是水又挺深的，她不能涉水走过去。找到她孩子，她必须走过这个湖。于是她就蹲下来要去喝这个湖的水，但在这简直是不可能的，谁也喝不完这水。这个愁苦的母亲只是在幻想一个什么奇迹的发生。

"不行啊，这是一件永远不可能的事情！"湖无奈地说，"我们还是来谈谈条件吧！我喜欢收集各种各样的珠子，而你的眼睛是我从来没有见到过的两颗最明亮的珠子。如果你能够把它们哭出来交到我的手里的话，我就可以把你送到那个大温室里面去。死神就住在那儿种植着花和树。每一棵花或树就是一个人的生命！"

"啊，为了我的孩子，我什么都可以牺牲的！"痛哭着的母亲说。于是她哭得更是感天动地了，结果她的眼睛坠到湖里去了，成了两颗最贵重的珍珠。湖把母亲的身体托起来，就坐在一个秋千架上。这样，她就很自然地浮到了对面的岸上去了——这儿有一幢十多里路宽让人感觉很奇怪的房子。人们不知道这究竟是一座有许多树林和洞口的大山呢，还是一幢用木头建筑起来的房子呢。不过这位可怜的母亲到现在什么也看不见了，因为她已经把她的两颗眼珠都哭出来了。

"我到什么地方去找那个把我的孩子抱走了的死神呢？"她声音哽咽地问。

"他还没有到这儿来过！"一个守墓的老太婆说。她专门是负责看守死神的温室。"你怎样找到这儿来的？不会是谁帮助你？"

"我们的上帝帮助我的！"她说，"他是很仁慈善良的，所以你应该也是很仁慈的。你能行行好告诉我在什么地方可以找到我亲爱的孩子吗？"

"我不知道，"老太婆说，"可事实上现在什么你也看不见！这天晚上有许多花和树都凋谢了，死神马上就会来到这里的，重新移植它们！你知道得很清楚，每个人都有他自己的生命之树，或者是生命之花，完全看他对自己一生中的安排是怎样的了。它们跟别的植物完全一样，不过它们有一颗跳动的心。小孩子的心也会跳动的。你赶紧去找吧，也许你能听出你孩子的心的搏动。不过，如果这样的话，我把你下一步应该做的事情告诉你，你打算给我什么酬劳呢？"

"我没有什么东西可以给你了，"悲伤的母亲说，"但是我可以为你走到世界的最后尽头。"

"我没有什么事情要你到那儿去办呀，"老太婆面无表情地说，"不过你可以把你又长又黑的头发给我以作为交换的东西的。你自己知道的，那是很美丽的，我很喜欢！作为交换，你可以把我的白头发拿去——那总比没有头发光秃秃的要好啊。"

"如果你不再要求什么别的东西的话，"她说，"那么我愿意把头发送给你！"

于是，她把她美丽的黑头发给了老太婆，作为交换，她得到了雪白头发。

这样，她们就走进了死神的大温室里。这儿花和树非常稀奇古怪地繁生在一起。玻璃钟底下培养着美丽的风信子；大朵、耐寒的牡丹花也在盛开着。在各种各样的水生植物中，有许多还是蛮鲜艳的，有许多已经半枯萎了，水蛇在它们上面盘绕着，黑螃蟹紧紧地钳着它们的梗子。那儿还有许多美丽的棕榈树、栎树和梧桐树，还有芹菜花和盛开的麝香草等其他各种珍稀花草树木。每一棵树和每一种花都有一个名字，它们每一棵都代表着一个人的生命，这些人事实上都还是活着的，有的在中国，有的在格陵兰，散布在全世界。有些大树极不相称的栽在小花盆里，因此显得很拥挤的，几乎把花盆都要胀破了。在肥沃的土地上有好几块地方还种着许多娇弱的世界上所罕见的小花，它们周围还长着一些青苔，人们在仔细地培养和照看着它们。不过，这个悲哀的母亲在那些矮小的植物上弯下腰来，静静地听着它们的心跳。在这些无数的花朵中，她相信自己一定会听出她孩子的心跳声。

"我找到了！这就是我可怜的孩子。"她叫着，同时把双手向一朵蓝色的早春花伸了过去。这朵花正在把头垂向一边，有些生病了。

"请不要动这朵花！"那个老太婆说："请你等在这儿。死神随时都会来的——请不要让他拔掉这棵花，这样你的孩子就会得救的。你可以威胁他说，你要把所有的植物都拔掉。如果是那样的话，他就会害怕的。他得为这些植物对上帝负责。在他没有得到上帝的许可之前，谁也不能拔掉它们。"

这时忽然有一阵冷风吹进了房间里。这个已经失去双眼的母亲是看不到的，其实这就是死神的来临。

"你怎么找到这块地方的？"他带着一些疑问大惑不解地说，"你怎么比我还来得早呢？"

"因为我是一个孩子的母亲呀！"她略带悲伤地说。

死神向这朵娇柔的小花伸出了他的长手；可母亲用自己的双手紧紧抱着他不放。同时她心里又特别地着急，生怕弄坏了自己孩子的一片花瓣儿。于是，死神就朝着她的手吹气。她觉得这比寒风还要冷；于是她的手垂了下来，一点气力也没有了。

"你的抵抗是没有任何作用的！"死神说。

"不过，我们的上帝是可以的！"她说。

"我只是执行上帝的命令！"死神说，"我是他的园丁。我把他所有的花和树都移植到天国去，到那个神秘国土里的伊甸乐园中去。不过，它们怎样在那儿生长，怎样在那儿生活，我是不可能完全告诉给你的！"

"请把我的孩子还给我吧！"母亲说。她一面声音略带嘶哑地说，一面哀求着死神。忽然她用双手抓住靠近身旁的两朵美丽的花，大声对死神说："我要把你的花都拔掉，因为我现在已经无路可走了！"

"不准动这些花朵！"死神说，"你说你是很痛苦的，但是，你现在却要让别的母亲也感到同样痛不欲生吗？"

"一个别的母亲？"这个可怜的母亲说。她颤抖的手马上松开了那两朵无比鲜艳的花朵。

"这是你的眼珠，"死神说，"我已经把它们从湖里捞出来了，它们非常的明亮。我事实上完全就不知道这是你的。收回去吧，它们现在比以前任何时候更加明亮了，请你朝你旁边的那个井底看一下吧。我现在就要把你想要拔掉的这两朵花的名字告诉你，那么你就会知道它们将来的整个命运，整个人间生活同样你也会知道，你所要摧毁的究竟是什么东西了。"

她向井底下一看。她感到了在她的一生中莫大的愉快，看见一个生命是多么的幸福，看见它的周围是一幅多么愉快和欢乐的气氛啊。她又看到那另一个生命：忧愁、贫困、苦难和悲哀的化身和代名词。

"这两种命运都是上帝的意志！"死神很坚定地说。

"它们之中哪一朵是受难的花，哪一朵是幸福的花呢？"她很为难地问。

"我不能告诉你。"死神回答说。"不过有一点你是应该知晓的：

'这两朵花之中有一朵是你自己的孩子。你刚才所看到的就是你孩子的未来命运——你自己日夜思念的孩子的未来。'"

母亲惊恐地大喊了起来。

"它们哪一朵是我的孩子呢？请您告诉我吧！请您救救我那个天生苦命的孩子吧！请把我的孩子从如临深渊的苦难中救出来吧！还是请您把他带走吧！把他带到上帝应该呆着的地方去吧！请忘记我的眼泪，我的祈求吧，原谅我刚才所说的和做的一切事情吧！"

"我完全不明白你说这些话的意思！"死神说，"你想要把你的孩子抱回去呢，还是让我把他带到一个你所不知道的地方去呢？由你自己选择吧！"

这时母亲紧扣着双手，双膝跪了下来，向我们仁慈善良的上帝祈祷：

"您的意志永远是绝对正确的。请不要理会我所做的违反您的意志的祈祷吧！请不要理我！请您宽恕我吧！"

接着，母亲的头低低地垂了下来。

死神带着她的孩子最终飞到了那个不知名的国度里去了。

亚　麻

一棵亚麻开满了非常漂亮的蓝花。花朵轻柔得像飞蛾的翅膀，或者说比那还要柔软。太阳照着它，雨雾滋润着它。它就像孩子洗完澡以后，从妈妈那里得到了一个吻一样——那么的可爱。而亚麻也是这么的可爱。

"人们说我长得太好了，"亚麻说，"他们还说我又美又长，将来一定可以织成非常漂亮的布。啊，我是多么幸运啊！而将来我也一定是最幸运的！太阳照耀的使人快乐！雨水的味道好极了。这一切让人感到高兴！我真是个幸运儿，我是一切东西之中最幸运的！"

"对，对，对！"篱笆椿说。"我们比你了解这个世界，因为我们身上长得有节！"然后它们发出哀愁的吱吱呀呀的声音来：

吱——咯——呀，

吱——呼——呀，

歌儿完了。

"没有呀，歌儿并没有完啊！"亚麻说。"明天早晨太阳还会出来，雨还是让人感到愉快。而我也听见了我生长的声音，我觉得我在开花！啊！我是最幸运的幸运儿！"

但是有一天，人们走过来捏着亚麻的头，把它连根儿从土里拔了出来，它受了伤。然而，人们依然把它放在水里，好像要把它淹死似的。然后又把它放在火上烤，好像人们要把它烤死似的。这真是太骇人了！

"一个人不能永远过着幸福开心的日子！"亚麻说。"一个人只有吃点苦，才能懂得一些事情。"

但是比那更糟糕的事情发生了。亚麻被折断了，撕碎了，又被绞打了和梳理了一通。事实上，它自己也不知道这些是什么东西。它被装在一架纺车上——咯吱！咯吱！咯吱——这让它觉得头昏脑涨，甚至都不能思考了。

"我曾经是非常幸运的！"亚麻在痛苦中回忆。"所以，一个人在幸福的时候就应该活得快乐！快乐！快乐！"当人们把它装到织布机上去的时候，它仍然说着同样的话。然后它被织成了一大块儿美丽的布。每一根亚麻，所有的亚麻，都被织成了这块美丽的布。

"是的，这真是让人吃惊！这是我怎么也想不到的！啊！我是多么幸运啊！是的，篱笆椿这样唱是有道理的：

吱——咯——呀，

吱——呼——呀！

歌儿可没有完！它只不过刚刚开始呢而已！这真是出人意料！而那些苦头，总算没有白吃。我真是一切东西中最幸运的！瞧我现在多么结实、多么柔软、多么白、多么长啊！而我以前只不过是一棵植物——即使开得有花；和以前比起来，我现在可完全不同！以前没有人照料我，只有在下雨的时候我才能喝到一点儿水。现在却有人来照料我了！女仆人每天早上把我翻一翻，晚上我还可以在水盆里洗个澡。是的，牧师的太太甚至还为我作了一篇演讲，说我是整个教区里最好的一块儿布。没有比这更让我幸福的了！"

现在这块儿布被拿到屋子里，被一把剪刀裁剪着。人们是剪它，裁它，还拿针刺它啊！人们就是这样对待它的，而这可让人不觉得太愉快。它被裁成十二个部分，虽然没有名字，却是一件衣服缺一不可的部分——那正好是一打！

"啊，现在我总算看到一点儿成果了！这也许就是我的命运！事实上，这才是真正的幸运呢！因为现在的我算是对世界有点用处了，而这也是应该的——所以这才是真正的快乐！我们被裁成了十二件东西，但同时我们又是一个整体。我们是一打，这是太宝贵的幸运。"

许多年过去了。它们无法再呆在一起了。

"总有一天会完的，"每一个部分说。"但是希望我们能在一起呆得久一点儿，可是总不能指望不可能发生的事情呀！"

它们现在被撕成了烂布片。它们觉得现在一切都完了，因为它们被撕碎了，并且被水煮了。事实上，它们自己也不知道它们会变成什么。最后它们变成了光滑的白纸。

"啊，这真是奇事，一件非常可爱的奇怪的事！"纸说。"我现在比以前更漂亮了，人们将把文字写在我身上！这真是极好的运气！"

人们在它上面写了字——并且是最美丽的故事。人们听到的这些故事——可都是些充满智慧和美好的事情，听了能够使人变得更聪明和更美好。这些写在纸上的字纸感到了最大的幸福。

"这比我开着美丽的小兰花时所想象的东西更要美妙呢。无论如何也想象不到我能在人类中间传播快乐和知识呢！因为我根本就不懂得这些！不过事实就是这样的。上帝知道，我除了用那点微弱的力量做点自己力所能及的一点事情以外，我可是什么本事也没有！然而他却不停地让我觉得惊喜和光荣。每次当我以为'歌儿完了'的时候，歌儿却以更嘹亮、更美好的方式重新开始了。为了使人人都能读到我，我将要被送到世界各地去旅行，这件事情是很可能的！以前我盛开的兰花儿，现在每一朵都变成了最美丽的思想！啊！我是多么的幸运啊！"

但是纸并没有去旅行，而是去了一个印刷所。它上面所写的故事都被排成了书，那可有几千几百本呢，因为这样才能让无数的人读到并得到快乐和智慧。这比起让纸去周游世界，然后不到半路就被毁坏了要好得多。

"是的，这个办法的确是聪明极了！"写着故事的纸想。"我可想不到这一点！那我将呆在家里，像一位老祖父一样！受人尊敬，因为文章是写在我身上的；每一个字，每一句话都从笔尖直接淌进我的身体里面去。我没有动，代替我的是书本在各处旅行。我是如此开心，因为我现在的确能够做点事情！我是多么幸福啊！"

于是纸被卷成一个小卷儿，放到书架上去了。

"工作过后就应该休息一段时间，这是很好的，"纸说。"把思想集中一下，想想自己还能做些什么——这是对的。现在我第一次知道我有些什么本事——认识自己就是进步。那么，我还会变成什么呢？我想我依然会前进，我将永远保持前进！"

有一天，人们要把纸被放进炉子里烧掉，因为它不能卖给杂货店里去包黄油和红糖。屋里的孩子们都围作一团，他们要看它烧起来，看那些火灰里的红火星——但是这些火星很快就一个接着一个地熄灭了，不见了。这像极了放了学跑回家的孩子，而最后的一个火星简直像老师：大家总以为老师早走了，但是最后他却在别人的后面走了出来。

人们把所有的纸卷成一卷，放在火上烧。噢！它烧得才快呢。"噢！"它喊，同时变成了一朵明亮耀眼的焰花。焰花升得很高，而亚麻开的小兰花却从没这样高过。它发出了白麻布不能发出的闪光。它上面写的字一会儿全都变红了，那些词句和思想都化成了火焰。

"现在我要向太阳飞去了！"火焰中有一个声音说。可这声音好像一千个声音在大合唱。焰花穿过烟囱一直跑到外面去。在那儿，它们变成了比焰花还要微小的、人眼看不见的、浮动的生物，它们多极了，比亚麻所开的花朵还要多。它们比产生它们的火焰还要轻。当火焰熄灭了只剩下一撮黑灰的时候，它们还在黑灰上跳了一次舞。许多微小的红火星留在了它们所接触过的地方那是它们留下的痕迹。放了学的孩子们都从学校里走出来，老师总是跟在最后！看看这情形真好玩！家里的孩子站在死灰的周围，唱出那支歌

吱——咯——呀，

吱——呼——呀！

歌儿完了！

不过那些细微的、看不见的小生物都说：

"歌儿是永远不会完的！这是所有歌中最好的一首歌！因为我明白这一点，所以我是最幸福的！"

但是孩子们却听不见，不过，即使他们听见也不懂这话；事实上他们也不用懂，因为孩子不用什么东西都知道呀。

凤　凰

在天国花园的知识树底下，有一丛玫瑰花。当第一朵玫瑰花盛开的时候，里面生出一只鸟来。它飞起来像一道闪光。它的羽毛色彩华丽，它的歌声婉转美妙。

但是当夏娃摘下那颗知识的果子，当她和亚当被骗出了天国花园的时候，一颗火星落到这鸟儿的巢里去，把它烧起来，那是从复仇天使的火剑上落下来的。鸟儿被焚死在了火焰中，不过一只新的鸟儿从巢里的那个火红的蛋中飞了出来——那是世界上唯一的凤凰。

据神话传说，这只凤凰住在阿拉伯，它每过一百年就要在巢里烧死一次。不过每次总会有一只新的凤凰从那个红蛋里飞出来——当然，那是世界上唯一的凤凰。

这鸟儿像闪电一样在我们的周围快速地飞翔；它羽毛的颜色非常华丽，歌声非常悦耳动听。当母亲坐在她孩子的摇篮旁的时候，它就会站在孩子的枕头上，拍打着翅膀，于是孩子的头上就会出现一个光圈。它从这朴素的房间飞过。房间里洒满太阳光，而那张简陋的桌上散发出紫罗兰花的香气。

事实上凤凰不只是一只阿拉伯的鸟儿。在北极光的微光中它飞过拉普兰冰冻的原野；在短暂的格陵兰的夏天里，它在黄花中间走过。在法龙的铜山下，在英国的煤矿里，它变成一个全身布满了灰尘的蛾子，飞在虔诚的矿工膝上摊开的那本圣诗上面。它落在一片顺着恒河的圣水向下流的荷叶上。印度姑娘一看到它，眼睛就发出闪亮的光芒。

这只凤凰！难道你不认识它吗？这只来自天国的鸟儿，这只歌中的神圣的天鹅！它变成一只多嘴的乌鸦，拍着粘满了渣滓的黑翅膀，坐在德斯比斯的车上。它在冰岛的竖琴上用天鹅的红嘴弹出声音；变为奥丁的乌鸦坐在莎士比亚的肩上，同时在他的耳边低声地说："不朽！"它在诗歌比赛的时候，飞过瓦特堡的骑士宫殿。

这只凤凰！难道你不认识它吗？它给你唱着马赛曲；你吻着从它翅膀上落下的华美的羽毛。它从天国的光辉里飞下来，也许就在这时你把头别开，去看那翅膀上带着银纸的、坐着的唧唧喳喳的麻雀吧。

来自天国的鸟儿！每一个世纪涅槃一次——在火焰中死去，又从火焰中重生！有钱人的大厅里悬挂着你的镶着金像框的画像，但是你自己却茫然地飞来飞去。孤独的你是一个神话——"阿拉伯的凤凰"。

在天国花园里的那棵知识树下，当你在那第一朵盛开的玫瑰花里飞出来的时候，上帝吻了你，并且给了你一个美丽的名字——"诗"。

一个故事

　　花园里的苹果树都想要在绿叶没有长好以前就赶快开出花朵，所以它们都开了花。

　　小鸭都从院子里跑出来了，猫儿也跟着小鸭子一起跑出来了：它正舔着脚爪上的太阳光——那可是真正的太阳光。如果你朝田野里望，你可以看到一片绿油油的小麦。所有的小鸟都在唧唧喳喳地叫着，好像在庆祝一个盛大的节日一样。不过，因为今天是星期天，所以也可以说这是一个节日。

　　教堂的钟声当当地响起来了。大家穿着盛装到教堂去，他们都是一幅非常开心的样子。事实上，所有的东西都那么愉快，这确实是一个温暖和幸福的日子。人们虔诚地说："我们的上帝对我们太好了！"

　　但是在教堂里，牧师却站在讲台上大喊大叫，看上去非常生气的样子。他说：人们都不相信上帝，上帝一定会惩罚他们；等他们死了以后，坏的不但会被打入地狱，而且会在地狱里永远被烈火焚烧。牧师又说，他们的良心将永远受到责备，他们的火焰将永远燃烧，他们将永远得不到休息和安宁。

　　他的这番演讲真是骇人，而且还讲得那么坚定。他说地狱是一个腐烂恶臭的地洞，世界上凡是肮脏的东西都流进里面去；那里面只有磷火，没有一点儿空气；地狱是一个无底洞，一声不吭地往下沉，永远往下沉。只是听这些，已经叫人胆战心惊了。而这番讲话是从牧师的心里讲出来的，所以教堂里的听众都给吓得魂不附体。

但是教室外面的小鸟却唧唧喳喳唱得非常开心，太阳都发出非常温暖的光，每一朵盛开的小花好像在说，我们的上帝对我们多好啊。

事实上，外面的景象可一点也不像牧师描写得那么糟糕透顶。

到了晚上要睡觉的时候，牧师看见他的太太默默地坐着，好像在想什么心事。

"你在想什么呢？"牧师问他的太太。

"我在想什么？"她说。"我，我想不通也不同意你讲的话。罪人哪儿有你说得那么多，而且你说他们要永远被烈火焚烧。永远，唉，永远是多远呢？就连像我这样一个有罪的女人都不忍心让最坏的恶人永远被烈火燃烧，而我们的上帝是那么仁慈，他也一定不会的，他知道人们犯罪是有原因的，当然有内在的，也有外在的原因。所以，即使你说得非常对，我也没有办法相信。"

这时正是秋天，树上的叶子落了下来。这位严肃而认真的牧师坐在一个死人的旁边——那是他的妻子；她怀着无比虔诚的心闭上了眼睛。

"如果说世上应该有一个人得到上帝的悲悯和墓中的安宁的话，这个人就是你！"牧师说。他合起他的双手，在死者的尸体上念了一首圣诗。

她被抬到墓地里去，这位牧师一本正经的脸上落下了两滴眼泪。他的家里现在是悄无声息，因为他的妻子离开了，而太阳光也渐渐消逝了。

这正是黑夜，牧师的头上吹来一阵冷风，他的眼睛突然睁开，他觉得好像月光已经照进他的房间里来了，事实上并没有月亮在照着。一个身形站在他的床前，那是他死去的妻子的幽灵。她的眼睛里写满悲哀，她望着他，好像要对他说一件什么事。

他直起一半儿身子，然后向她伸过手来："你没有得到永恒的安息吗？难道你在受苦吗？你可是最善良的、最虔诚的人！"

死者低下头，那是一个肯定的回答。她把双手按在胸口。

"那我能让你在墓里得到安息吗？"

"能！"幽灵回答说。

"那我要怎么做呢？"

"你只须给我一根儿被不灭的火所焚烧着的罪人头发——这是一个上帝要打下地狱、永远要受苦的罪人！"

"善良而虔诚的人啊，你把得救看得太容易！"

"跟我来吧！"死者说，"上帝给了我们这种力量——你可以从我身边飞到任何你心中想要到的地方去。当然凡人看不见我们，我们可以飞到他们认为最隐密的地方去。但是你必须用手，肯定地指出那个上帝要他永远受苦的人，而且你必须在鸡叫以前就把他指出来。"

他们像是被思想的翅膀托着一样，很快地就飞到一个大城市里去了。城市里所有房子的墙上都写着几个大罪的名字：骄傲、贪婪、酗酒、任性——总之，是一整条由七种颜色的罪孽形成的长虹——这可都是用燃烧着的火焰写成的。

"是的，"牧师说，"在这些房子里面，我肯定——当然我也知道——就住着那些注定要被烈火焚烧的人。"

他们来到一个漂亮的大门口，这里金碧辉煌。宽阔的台阶上铺着柔软的地毯，两边摆满了鲜花，大厅里飘出欢快的跳舞的音乐。侍者穿着丝绸和天鹅绒的衣服，手中的手杖都包着闪亮的银。

"我们的舞会比皇帝的舞会可一点儿不差，"他说。他向街上的人群望了一眼；他的全身——从头到脚——都好像在说："你们这群朝里面张望的可怜的东西，跟我比起来，你们就是一群叫花子！"

"这是骄傲！"死者说，"你看到他了吗？"

"看到他？"牧师重复她的话。"他只不过是一个傻瓜，一个呆子。他是不会被永恒的焚烧和痛苦的。"

"他只不过是一个傻子！"整个"骄傲"的屋子发出跟牧师一样的喊声。所有的"骄傲"都在里面。

他们飞到一个四堵墙里面去——那是"贪婪"的地方。这里有一个干瘪的老头儿，他又饥又渴，还冻得瑟瑟发抖，但是他好像毫不在意这些，只是聚精会神地抱着他的金子。他们看到他从一个破烂的睡榻上跳下来，就像发热一样，他挪开墙上一块活动的石头，那里面藏着他一只袜子——里面装着许多金币。他仔细地抚摸着破烂的上衣，那里面缝得也有金币。他的干枯的手指不停地抖动着。

"他病了。而且是一种疯病，一种没有乐趣的、没有生机的，充满了恐怖和恶梦的疯病。"

他们匆匆地走开了。然后来到一批罪犯的木板床前，这些人紧挨着睡成一排。其中有一个人像一只野兽似的从睡梦中跳起来，发出骇人的尖叫声。他用他像竹竿一样的手肘推了他旁边的一个人几下。那人在睡梦中翻了一个身，说：

"闭嘴吧，你这个畜牲，赶快睡！不要每天晚上总是来这一套！"

"每天晚上吗？"他重复着说。"是的，他每天晚上总是来对我乱叫，折磨着我。我一发起脾气来，是什么都会做的，我生下来脾气就是很坏的。我被关在这儿已经是第二次了。不过，如果说我做了坏事，我也已经得到了惩罚。但是只有一件事情我却没有承认：上次我从牢里出来以后，走过我主人的田庄的时候，不知怎的心里忽然闹起别扭来。于是我在墙上划了一根火柴——我划火柴的地方离着草顶太近，草立刻就烧起来了。火烧起来的样子就像我的脾气发作一样。然而我尽量帮忙救这屋子里的牲口和家具，除了飞进火里去的一群鸽子和套在链子上的看门狗以外，其他的活东西都没事。我一点都没有想到那只狗，人们可以听见它在火里哀嚎——即便我现在在睡觉也还是能听见它哀嚎。只要我一睡着，这只毛茸茸的大狗就来了。它躺在我身上哀嚎，它压得我喘不过气来。我告诉你吧，你可以睡得这么香，一整夜都打呼噜，可我只能睡短短的一刻钟。"

这人的眼睛里喷射出血丝。他趴在他旁边那个人身上，紧握着拳头朝那个人的脸上打来。

"疯子又发病了！"周围的人大喊着。其余的罪犯把他抓住，和他揪做一团。他们把他的腰弯下来，然后把他的头夹在两腿中间，最后再用绳子把他紧紧地绑住。他的眼睛和全身的毛孔几乎要喷出血来了。

"你们这样会把他弄死的，"牧师大声说，"真是可怜的东西！"

就在他向这个受够了苦的罪人伸出一只保护的手来的时候，情景变了。他们飞过华丽的大厅，飞过贫苦的房间。"任性"、"嫉妒"和其他主要的"罪孽"都一一在他们身边飞过。

一个作为裁判官的天使宣读这些罪过和进行辩护。其实在上帝面前，这并不是重要的事情，因为上帝对人的内心可是明察秋毫；他明白内在和外在的一切罪过；而上帝本身就是慈悲和博爱。牧师的手不停地抖起来，因为他不敢在这罪人的头上拔下一根头发，以至于不能伸出手来。而他的眼泪像慈悲和博爱的水一样，从他的眼睛里不停地流出来，以至于把地狱里的永恒的火都熄灭了。

这时鸡叫了。

"慈悲的上帝！请您让她在墓里安息吧，而这是做不到的事情。"

"现在我已经得到安息了，"死者说。"因为你说出那样令人害怕的话语，你对上帝和上帝的造物那样悲观，所以我才会到你这儿来！所以请你好好地认识一下人类吧，即使是最坏的人身上也会有一点儿上帝的成分——而这点儿成分可以战胜和熄灭地狱里的火。"

牧师的嘴上得到了一个吻，于是他的周围撒满了阳光。上帝那明亮的太阳光射进房间里来。他被人从梦中唤醒——那是他的妻子，活着的、温柔善良的妻子。

一本不说话的书

　　有一个孤独的农庄，坐落在公路旁的一个树林里。如果人们沿着公路一直走的话就可以走进这农庄的大院子里去。

　　太阳温暖地照着大地，房子里所有的窗子都是开着的，从里面传出一片忙碌的声音；可是在院子里那棵开满了花的紫丁香组成的凉亭下，放着一口棺材。因为是敞开的，所以可以看到一个死人躺在里面，而且在这个上午就要入葬。可是棺材旁没有守着任何一个人为死者悼念；也没有任何人为他流下一滴眼泪。

　　一块白布盖住了他的脸，而他的头底下垫着一大本厚书。而书页是由一整张灰纸叠成的；每一页上夹着一朵被忘记了的花，而那些花都已经枯萎了。这是一本完整的植物标本，这些植物标本是从许多不同的地方搜集来的。它要和那个死去的人一起被埋葬掉，因为这是他的遗嘱。每朵花都是他生命的一章。

　　"那个死去的人是谁呢？"我们问。回答是："他是乌卜萨拉的一个老学生。在人们眼里，他曾经是一个活泼的年轻人，他不仅懂得古代的文字，还会唱歌，甚至还会写诗。但是因为他以前遭遇到某种事故，所以他把他的思想和生命都泡在烧酒里。最后，因为喝酒毁坏了他的健康，他就搬到这个农庄来了。农庄里的人帮他解决食宿问题。

当他的心情好的时候，他就跟一个孩子一样纯洁，而且是如此的活泼，他会像一只被追逐的雄鹿，在森林里跑来跑去。

不过，如果我们把他喊回家来，让他看那本植物标本，他也能安静地坐一整天，一会儿看看这种植物，一会儿看看那种植物。看着看着他的眼泪就沿着他的脸滚下来：也许只有上帝知道他在想什么！因为他要求在他死后把这本书装进他的棺材里去，所以现在它就躺在棺材里面。再过一会儿棺材就会钉上盖子，那么他将在坟墓里得到他的安息。”

盖在他的脸上的白布被揭开了，死人的脸上是一种平和的表情。有一缕太阳光射在他的脸上。一只燕子像箭似的飞进凉亭里来，然后又很快地掉转身，在死人的头上唧唧地叫了几声。

我们都知道，如果我们读一读我们年轻时代的旧信的话，一定会产生一种奇怪的感觉！我们的一生和在我们生命中出现的希望和哀愁又都会浮现出来。想想那时与我们来往很亲密的一些人，现在有多少已经不在了啊！不过事实上还是有一些活着的，只是我们太长时间没有想起他们罢了。那时的我们以为会永远跟他们亲密地生活在一起，会跟他们一起同甘共苦。

这标本里面夹着一片枯萎了的橄树叶子。它让这书的主人想起一个老朋友或者说起一个老同学，一个终身的友伴。在一个绿树林里面他把这片椭树叶子插在了学生帽上，从那时开始他们结为了“终身的”朋友。那么现在他在哪里呢？虽然这片椭树叶子被保存了下来，但是友情却已经忘记了！

这片叶子来自一棵异国的，而且是在温室里培养出来的植物，对于北国的花园来说，它是太娇嫩了。现在这片叶子似乎还保留着它当初的香气。这是一位贵族小姐在花园里摘下来送给他的。

这儿还有一朵他亲手摘下来的睡莲，这朵在甜水里生长的睡莲，曾经被他咸咸的眼泪润湿过。

这片荨麻的叶子又代表了什么呢？当他把它采下来并保存下来的时候，他想到了什么呢？

这本标本里还有一朵生长在森林里的铃兰花，一朵从酒店的花盆里摘下来的金银花，甚至还有一片尖尖的草叶！

紫丁香开满了花，它在死者的头上轻轻垂下它鲜嫩的、芳香的花簇。燕子发出"唧唧！唧唧！"的声音飞过去了。这时人们拿着钉子和槌子走来了。他们把棺材盖儿盖在死者身上，他的头枕着这本不说话的书，然后安息。于是他被埋葬了，被遗忘了！

老墓碑

有一个人生活在一个小乡镇里，在那里他拥有一幢属于自己的房子。有一天晚上，他和全家人围坐在一起。他们正在过着"夜长"的季节。这个季节的这种时刻既温暖，又舒适。灯亮起来了，而长长的窗帘也拉下来了。很多花盆在窗子上摆着，月亮洒下一片美丽的月光。当然他们谈论的并不是这件事，而是一块儿古老的大石头。这块儿石头躺在院子里，紧靠着厨房门。女佣人常常把擦过了的铜器用具晒在上面；孩子们也喜欢在石头上面玩耍。其实它不是块儿石头，而是一个古老的墓碑。

"是的，"房子的主人说，"这块墓碑是从那个拆除了的老修道院搬来的。人们把里面的宣讲台、纪念牌和墓碑全都卖了！而我已经去世了的父亲就是在那儿买了好几块墓石，每块儿都被打断了，被当作铺道石用。只有这块儿墓石留了下来，一直躺在院子那儿没有动。"

"其实我们一眼就可以看出，这是一块墓碑，"最大的一个孩子说，"我们仍然可以看出它上面刻有一个滴漏和一个天使的片断。但是它上面的字几乎都模糊了，只剩下卜列本这个名字和后边的一个大字母 S，以及离此更远一点的'玛尔塔'！除了这些什么东西都看不见了。不过在下过雨，或者当我们用水把它洗净了以后，我们就能看得清楚。"

"天啊，这是卜列本·斯万尼和他妻子的墓碑！"一个老人插进来说。他是如此的老，甚至可以做这所房子里所有的人的祖父。"他们是埋在这个老修道院墓地里的最后一对夫妇。从小时起我就觉得他们是一对老好人。而且大家都认识他们也都喜欢他们。他们可是这小城里的一对儿元老。大家都说他们有很多的金子，拿一个桶也装不完，但是他们的穿着却非常朴素，他们的衣服是粗料子做的；但是他们的桌布、被单等总是雪白的。卜列本和玛尔塔——是一对儿可爱的夫妇！当他们坐在那条屋子前面的那个很高的石台阶上的凳子上时，老菩提树就把树枝子罩在他们头上：他们和善地、温柔地对你点着头——这让人觉得很愉快。他们对穷人非常好：给他们饭吃，给他们衣服穿。他们所做的善行充满了善意和基督精神。

"卜列本的太太先去世的！我非常清楚地记得那一天。我当时还是一个小孩子，跟着爸爸一起到老卜列本家里去，那时她刚刚闭上眼睛。这老头儿非常伤心，哭得跟个小孩子似的。他太太的尸体还放在睡房里，就离我们现在坐的这地方不远。他当时对我的爸爸和几个邻居说，他以后将会多么孤独寂寞，他的太太曾经多么美好，他说他们曾经怎样在一起生活了多少年，是怎样认识的，又怎样相爱的。当然，那时我很小，只能站在旁边听。在听老人讲话的时候，我注意到，当他讲起他们的订婚过程、他太太的美丽、他怎样找出许多天真的借口与她见面的时候，他就开心起来了，他的脸庞渐渐红润起来了，这让我感到非常惊奇。当他谈起他结婚的那个日子的时候，他的眼睛闪出光彩来。他似乎又回到那个快乐的时光里去了。但是她——他的太太——却躺在隔壁房间里，死去了。他自己也是一个老头儿，却谈论着过去那些充满了欢乐的日子！事实上，世事就是这样！

"当时我也只是一个小孩子，现在的我却老了——像卜列本·斯万尼一样。一切事情随着时间的流逝都改变了！可我依然记得她入葬那天的情景：卜列本·斯万尼紧紧跟在棺材后边。其实在好几年以前，这对夫妇就准备好了他们的墓碑，并且在墓碑上面刻好了他们的名字和碑文——只是没有刻上死去的年月。有一天晚上，这墓碑被抬到教堂的墓地里去，竖在了坟上。一年以后，这座坟又被打开了，人们把老卜列本放在了他妻子的身边。

"事实上，他们并不像人们所想象的和所讲的那样，他们身后并没有留下许多钱财。剩下的一点儿东西都送给了他们的远房亲戚——也是到那时人们才知道他们有这些亲戚。而他们的那座木房子——和放在台阶顶上菩提树下的那条凳子也被市政府拆除了，因为它们太腐朽了，再也不能留存下去了，后来，那个修道院也遭受到了同样的命运：那个墓地被铲平了，卜列本和玛尔塔的墓碑，像别的墓碑一样，卖给了任何愿意买它的人。让人惊奇的是，这块墓碑居然没有被打碎，给人用掉；而是好好地躺在这院子里，作为女佣人放厨房用具和孩子们玩耍的地方。在卜列本和他的妻子安息的地方现在铺出了一条街道，而人们已经忘记他们了。"

讲完这个故事，老人悲哀地摇了摇头。

"被遗忘了！所有的一切都会被遗忘！"他说。

然后他们在这房间里谈起别的事情来。只有那个最小的孩子——他有一双严肃的大眼睛——爬到窗帘后边的一把椅子上去，朝院子里眺望。月光正照在那块儿大墓石上明明亮亮的——对他说来，这一直是一块空白又单调的老石头，不过现在他觉得它躺在那儿像一整部历史中的一页。而他刚刚听到的关于老卜列本和他妻子的故事好像就写在它上面一样。他看了看它，然后又望了望那个清朗高阔的天空，以及天空上挂着的那个洁白的月亮。这很像造物主的面孔，朝着整个世界微笑。

"被遗忘了！所有的一切都会被遗忘！"这是房间里的那位老人所说的一句话。这时候，有一个人们看不见的天使飞了进来，吻了这孩子的前额，然后轻轻地对他说："好好地保管藏在你身体内的那颗种子吧，要一直保管到它成熟为止！到时候，通过你，我的孩子，那块儿老墓碑上模糊的碑文，它上面的每个字，将会射出金光，传到后代！那对老年夫妇将会手挽着手，走过古老的街道，他们新鲜和健康的面孔上露着微笑，他们坐在那个高台阶上的菩提树下的凳子上，对过往的人点头——不论他们是贫穷或是富有。从现在开始，这颗种子，到了适当的时候，就会成熟，并且开出花来，成为一首美丽的诗。美好的和善良的东西是永远不会被遗忘的；它在传说和歌谣中将会获得永恒的生命。"

世上最美丽的一朵玫瑰花

　　从前有一位皇后，她的权力非常大。她的花园里种着每季最美丽的、从世界各国移来的花。但是她最喜欢的是玫瑰花，所以她有各种颜色的玫瑰花：有能散发出苹果香味的绿叶的野玫瑰，也有最可爱的普洛望斯的玫瑰，可以说样样都有。它们爬上宫殿的墙壁，攀缘着柱子和窗户，爬进走廊，一直爬进所有大殿的天花板上去。这些玫瑰都有自己的香味儿、形状和颜色。

　　但是现在这些忧虑和悲伤弥漫了整个大殿。皇后生了重病，躺在病床上起不来。御医宣称她的病没法治愈了。

　　"不过有一个东西可以救她，"御医中一位最聪明的人说。"给她一朵世界上最漂亮的玫瑰花——那是一朵代表最高尚、最纯洁的爱情的玫瑰花。这朵花一定在她的眼睛闭上之前就送来，否则她就会死掉。"

　　各地的人送来许多玫瑰花，他们中有年轻人也有老年人——那些花都是他们花园里开的最美丽的玫瑰花，然而却没有一朵是能治病的玫瑰花。那朵花应该是在爱情的花园里摘下来的那朵吧，但是，哪朵玫瑰真正表示出最高尚、最纯洁的爱情呢？

　　诗人们歌唱着世界上最美丽的玫瑰花；而每个诗人心中都有自己最美丽的一朵。这个消息传遍了全国，传到每一颗充满了爱情的心里，传给每一个年龄段和从事各种职业的人。

"至今还没有人能找出那朵花，"那个聪明的人说，"谁也不知道那朵花盛开在什么地方。它不是罗密欧与朱丽叶棺材上的玫瑰花，也不是瓦尔堡坟上的玫瑰花，虽然这些玫瑰花在诗歌和传说中永远盛开的是如此芬芳。可这朵花也不是从文克里得的血迹斑斑的长矛上开出的那些玫瑰花——即使那些玫瑰花是从一个为祖国而死去的英雄的心里所流出的血中开出的，虽然怎么死都没有这种死可爱，什么样的花都没有他所流出的血那样红。当然，这朵玫瑰花也不是人们在静寂的房间里，花了无数个不眠不休之夜和心血培养出的那朵奇异之花——科学的奇花。"

"我知道这朵花在什么地方盛开，"一个幸福的母亲说，她带着她娇嫩的孩子走到这位皇后的床边来："我知道这朵世界上最美丽的玫瑰花在哪里！这朵代表最高尚和最纯洁的爱情的玫瑰，是从我可爱的孩子的鲜艳的脸上开出来的。当他睡足了觉，睁开他的眼睛，主会对我露出充满了爱情的微笑！"

"这真是一朵美丽的玫瑰，不过还有一朵儿比这朵儿更美。"聪明人说。

"是的，还有一朵比这一朵更要美得多，"另一个女人说。"我曾经看到它，再没有任何一朵花开得比它更高尚、更神圣，不过它像庚申玫瑰的花瓣，白得没有血色。我看到它在皇后的脸上开出来。她取下了她的皇冠，她在漫长的长夜里悲哀地抱着她的生病的孩子哭泣，然后吻他，祈求上帝保佑他——像所有的母亲一样在痛苦的时刻那样祈求。"

"悲哀中的白玫瑰虽然是神圣的，而且具有神奇的力量，但是它不是我们所寻找的那朵纯洁的玫瑰花。"

"事实上，那朵世界上最美的玫瑰花我只是在上帝的祭坛上看到，"虔诚的老主教说。"我看到它像天使的面孔一样散发出光彩。年轻的姑娘走到圣餐的桌子面前，重复她们在受洗时所做出的诺言，然后玫瑰花盛开了——她们红润的脸上开出了淡白色的玫瑰花。一个年轻的女子站在那儿，纯洁的爱充满了她的灵魂，她抬头望着上帝——她代表了一个最纯洁和最高尚的爱的灵魂。"

"愿上帝祝福她！"聪明人说。"可是你们谁也没有说出世界上那朵最美丽的玫瑰花。"

这时皇后的小儿子走进房间里来了。他的眼睛里和他的脸上全是泪珠儿。他捧着一本用天鹅绒装钉的打开的厚书，上面还有银质的大扣子。

"妈妈！"小孩子说，"啊，请听我读给你听！"

于是这孩子在床边坐下来，给皇后念着书中关于他的事情——他，为了拯救人类，当然也包括那些还没有出生的人，在十字架上牺牲了自己的生命。

"没有什么爱能够比这更伟大！"

皇后苍白的脸上露出一片玫瑰色的光彩，她的眼睛又变得大而明亮，因为她在小孩子拿着的书页上看到了世界上最美丽的玫瑰花——那是从十字架上的基督的血里开出的一朵玫瑰花。

"我看到它了！"她说，"只要看到这朵世界上最美丽的玫瑰花的人，永远不会死亡！"

一年的故事

　　一月就要结束了，外面的暴风雪猛烈地呼啸着。雪花覆盖了街道和小巷；就连窗玻璃上都糊满了一层雪；整块整块的从屋顶上掉下来。外面人被刮得东倒西歪，人们你撞到我身上，我倒到你的怀里，他们只有互相紧紧地抱住，才能站稳脚跟。马车和马像都裹了一层白粉似的。马夫把背靠着车子，逆着风往回赶车。车子在深雪中只能慢慢地移动，而行人则躲在车子挡住了风的一边走。最后暴风雪平息了下来，房屋之间露出了一条小路，当人们一碰头，谁也不愿意先走，都自动站到一边的深雪里去，让别人先过。他们就这样静静地站着，直到最后大家达成了默契似的，每人把一条腿迈向深深的雪堆里面去。

　　天快要黑的时候，天气却晴朗了起来。天空好像被水洗过一样，比以前更辽远、更澄净了。明亮的星星似乎都是崭新的，有几颗分外地散发着蓝色的光，比平日更明亮。天却是极冷，冻得所有的东西嗦嗦地响。寒冷使得积雪的外层一下子就变硬了，第二天早晨麻雀就可以在它上面蹦蹦跳跳了。这些小鸟儿们在扫过了雪的地上跑来跳去，却找不到一点儿吃的东西，它们的确在挨冻。

　　"唧唧喳喳！"一只鸟对另一只鸟说，"人们竟然把这叫作新年！比起旧年来，它真是糟糕极了！我们还不如把那个旧年留下来好。我可是一点儿都不高兴，而这一点儿我也是有理由的。”

“是的，人们跑来跑去地庆贺新年，”一只冻得发抖的小麻雀说。“他们把罐子往门上打，快乐得几乎发疯了，就因为旧年过去了。事实上，我也很高兴，因为我希望天气很快就会暖和起来，但是这个希望破灭了——天气比以前更冷了！人们把时间计算错了！”

“的确是他们弄错了！”第三只麻雀说。它已经很老了，你看它头顶上长了一撮白头发。“他们发明了叫作日历的东西。我认为他们做每件事情都是照它安排的！但是这样做是不行的。因为只有春天来到，一年才算开始——这是大自然的规律。我就是照这办事的。”

“但是春天什么时候才到来呢？”其他鸟儿们一齐问。

“鹳鸟回来的时候，春天也就到了。但是鹳鸟什么时候回来是不能肯定的，而且住在这城里的人谁也不知道这类的事情；只有到了乡下才会了解得更多一点。我们去乡下吧，去那里等待好不好？只有在乡下，我们才会更接近春天。”

“好啊，那是太好了！”一只跳了很久的麻雀说；它唧唧喳喳叫了一阵，再没有说出什么了不起的话。“我在城里有许多留恋，我怕飞到乡下以后难免要怀恋它。在这附近的一个房子里有一家人住在那儿。他们很聪明，在墙边放了三四个花盆，并且把花盆的口朝里，底朝外。花盆上打了一个小洞，大得足够使我飞进飞出。我和我的丈夫就在这里面筑了一个窝。我们的孩子们都是从这儿飞出去的。人类当然是为了要欣赏我们才这样弄的，否则他们就不会这样办了。他们还撒些面包屑给我们吃，其实这也是为了他们自己的欣赏，不过我们因此也有了吃的东西；这倒像是他们是在供养我们呢。所以我想和我的丈夫住下来，虽然这并不使我们感到高兴——但是我们还是住下来吧！”

“那我们就回乡了，看看春天是不是快要来了！”于是其他的鸟儿们都飞走了。

　　乡下也还是酷寒的冬天，甚至要比城里更寒冷的厉害。刺骨的寒风在铺满了雪的田野上呼呼地吹。农民戴着无指手套，坐在雪撬上，挥动双臂发出一点热力来给自己温暖。鞭子搁在膝盖上，瘦马在奔跑——跑得全身冒出热气来。雪发出破碎的声音，麻雀在车辙里蹦来跳去，冻得瑟瑟发抖："唧唧！春天什么时候到来呢？它来得真慢！"

　　"真慢！"田野对面那座盖满了雪的小山发出这样一个声音。我们听到的也许是一个回音，也许是那个怪老头儿在说话。在寒风和冰冻中，他高高地坐在一堆雪上。他是那么的白，像一个种田人穿着白粗绒的。他长着长长的白头发和白胡子，还有苍白的脸和一双又大又蓝的眼睛。

　　"那个老头儿是谁呢？"麻雀们问。

　　"我知道！"一只老乌鸦说。它坐在一个篱笆的栅栏上，它认为在上帝面前所有的鸟儿都是一律平等，所以它愿意跟麻雀呆在一起，对它们作些解释。"我知道这老头儿是谁。他的名字叫'冬天'——是去年的老人。他不像历书上说的，事实上，他并没有死去；没有，他却是那个快要到来的小王子'春天'的保护人。是的，冬天在这儿统治着。噢！你们这些小家伙将冻得发抖！"

　　"是的，我不是说过么？"最小的那只麻雀说。"历书不过是人类的一种发明罢了，它跟大自然并不符合！他们应该让我们来做这些事，我们要比他们聪明得多。"

　　一个星期过去了，又两个星期差不多过去了。森林还是黑的，湖上的冰依旧又硬又厚，像一块儿坚硬的铅。云块事实上是潮湿的、冰冻的浓雾——低低地笼罩着土地。大黑乌鸦成群地飞着，一声也不叫，所有的一切好像睡着了似的。这时湖上闪过一道太阳光，像一片熔化了的铅似的发着亮光。田野和山丘上的积雪却没有像过去那样被太阳射出闪光，那个白色的叫作"冬天"的老头儿仍然坐在那儿，他的眼睛紧紧

地盯着南方。他没有注意到，雪铺的地毯在往下沉，这儿那儿零零星星
出现了小片的绿草地，而草上挤满了麻雀。

"唧唧！喳喳！春天现在来到了吗?"

"春天！"这个呼声在田野上、山坡上响起来了。声音穿过深棕色
的树林——这儿树干上有发出绿色的的青苔。于是从南方飞来了两只最
早的鹳鸟；它们每一只的背上坐着一个美丽的孩子——一个是男孩子，
一个是女孩子。孩子们向大地飞了一个吻以示敬礼。凡是他们的脚步经
过的地方，白色的花儿就从雪底下冒出来。然后他们手挽着手向那个年
老的冰人——"冬天"走去。他们趴在他的胸脯上，作为一次新的敬
礼。于是他们三个人就不见了，周围的一切景象也不见了。一层又厚又
潮的、又黑又浓的烟雾把一切都笼罩住了，不一会儿风呼啸着吹起来
了，风把雾气吹跑了，露出太阳射出温暖的光。冬天老人消逝了，春天
的美丽孩子坐上了这一年的皇位。

"这就是我所谓的新年！"一只麻雀说，"我们重新拥有了春天，而
这个寒冷的冬天终于过去了。"

凡是这两个孩子所到的地方，绿芽就在灌木丛上或树上冒出来，草
也长得更高。麦田慢慢染上一层活泼的绿色，那个春天的小姑娘的围裙
里兜满了花，于是她向四周撒着花。

花儿简直像是从围裙里面生出来似的，因为，不管她怎样热心地向
四处撒着花朵，可是她的围裙里总是满的。她怀着一片热忱，把一层花
朵织成的雪花撒在苹果树上和桃树上，即使它们还没长出绿叶，却已经
美得非常可爱了。

她和那男孩子拍起手来。然后飞来许多鸟儿——但是谁也不知道它
们是从哪儿飞来的。它们唧唧地叫着，唱着："春天来到了！"

这真是一幅美丽的图像。许多老祖母也迈着蹒跚的脚步走出来，走
到太阳光里来。她们就像年轻的时候一样，望向那些田野里遍地长着的

黄花。世界仿佛也像她们一样又变得年轻了。"今天可真是快乐的日子！"老祖母说。

森林仍然是棕绿色的，树枝上布满了花苞。新鲜又芬芳的车叶草已经长出来了；紫罗兰，还有秋牡丹和樱草花开的遍地都是；它们的每片叶子里都饱满而又充满了力量。这就像是一张可以席地而坐的、美丽的地毯，而一对春天里的年轻人也真的坐在它上面，手挽着手唱着歌，微笑着，成长着。

一阵毛毛细雨从天而降，可是他们却没有觉察到它。因为雨点儿和欢乐的眼泪混和在一起，变成了同样的水滴。当这对新婚夫妇互相亲吻的时候，树林开始欣欣向荣地生长。太阳升起来了，阳光把所有的森林都染上了一层绿色。

这对新婚的年轻人手挽着手地在树下散步，树上垂着新鲜的叶簇。太阳光照射着绿叶，投下的阴影组合出变幻无穷的形状。树上细嫩的叶子散发出少女般纯洁和清新的香气。溪涧里长着鲜嫩的、天鹅绒般的绿色灯芯草，还有五颜六色的小石子，小溪潺潺地流着。整个大自然在说："世界是富饶的，也永远是丰美的！"杜鹃、百灵鸟在欢快地唱着歌，歌唱着美丽的春天。但是柳树却给它们的花朵穿上了羊毛般的外套——它们太爱惜自己了，可这却让人感到讨厌。

时间过得好快，许多日子又过去了，火热的天气就来到了。热浪从那渐渐变黄的麦浪中滚滚袭来。北国雪白的睡莲，盛开在山区镜子般的湖上，展开它巨大的绿叶子。鱼儿跑到它们下面歇凉。在树林挡着风的一边，太阳光照到农家屋子的墙上，温暖着正在盛开的玫瑰花；樱桃树上结满了汁儿饱满的、红得发黑的、被太阳光晒得热热的樱桃。树下坐着那位美丽的"夏天"少妇——她就是我们之前所看到和谈到的那个小孩儿和后来的新嫁娘。她看着一堆密集的乌云，它们像重重叠叠的山峰，又青又沉重，一层比一层高。它们是从三个方向集聚过来的。它们像变成了化石的、倒悬的大海一样，压向这树林；而这树林，像被施了魔法一样，变得悄然无声。空中一点动静都没有：每一只飞鸟都变得一声不响；大自然中充满了有庄严的气氛，那是一种紧张的寂静。行走在大路和小径上的行人、骑马的人和坐车子的人都在忙找隐蔽的地方。

这时从太阳里爆裂出来的闪光在熊熊地燃烧着，发出耀眼的光芒，然后把一切都吞没了。一阵雷声的轰鸣把黑暗带来了。倾盆大雨不停地泻下。天一会儿黑暗，一会儿明亮；一会儿静寂，一会儿轰鸣。生长在沼地上纤细的、棕色羽毛般的芦苇，像一层一层的波浪似的前后摇曳着，水雾将树林里的枝桠笼罩了。接着一会儿黑暗，一会儿闪光；一会儿静寂，一会儿巨响。草和麦子被打到地上，泡在水里，似乎永远起不来了似的。但是一会儿雨就变成淅淅沥沥的雨点儿，一会儿太阳出来了，叶子和草上的水珠儿发出珍珠样的闪光；鸟儿在歌唱，鱼儿从湖水里跳出来，而蚊蚋则跳着舞。在那咸咸的、波浪起伏的海水中有一块大石礁，上面坐着"夏天"本人——他是一个非常健壮的人，他的肢体很粗壮，长发上滴着水。温暖的太阳光照射着他，这使得洗完冷水浴后的他更加精神抖擞。周围的大自然又恢复了生机，一切都是茂盛，欣欣向荣和美丽的。这就是温暖又可爱的夏天。

那一片茂盛的苜蓿地散发出愉快和甜美的香气；蜜蜂在一个庙会的旧址上嗡嗡地唱歌；在那个作为祭坛的石桌上蔓延着郁郁的荆棘。这个祭坛经过了雨的洗礼，在太阳的照射下发出闪亮的光；蜂后带着她的一群蜜蜂向那儿飞去，它们在忙着制造蜂蜜。而这美丽的景象只有"夏天"和他健美的妻子看到了。这个堆满了供品的祭坛，就是大自然为他们而设的。

黄昏的天空射出缕缕金光，没有一个教堂的圆顶有这样华丽。明亮的月光静静地洒在地面上，照亮了整个夜晚：这就是夏天。

过去了许多日子，许多星期也过去了，收割人的镰刀在麦田里明晃晃地发着光；苹果树结满了红而带黄的苹果，树枝被苹果压得弯下来了。一丛一丛的蛇麻低垂着，散发着甜美的香气。榛子树长满了一串串的硬壳果。一个男子和一个女子——"夏天"和他健美的妻子——在这儿躺着休息。

"多么富饶啊！"她说，"这里是一片丰饶的景象，是一种使人一睁开眼便觉得温暖和舒适的景象。但是，我却渴望安静和闲适——我不知如何将这种感觉表达出来。现在人们又在田野里忙着收获了。大家总想收获更多的东西。你看，鹳鸟成群地在犁头后面遥遥地跟着。为我们从远方送来孩子的埃及的鸟儿啊！你记得当我们还是小孩的时候，我们是怎么来到这遥远的北方国度吗？我们带来了美丽的花儿、愉快的阳光和穿着绿色外衣的树林。风儿对树林非常地粗暴，那些树虽然像南方的树一样，慢慢地变成了黑色的树和棕色的树，可是它们却没有像这里的其他树一样，结出丰硕的果实！"

"你想看到金黄色的果实吗？""夏天"问，"那么请你重新欣赏吧。"

"夏天"举起他健壮的手臂。于是树林里的叶子瞬间就变成了一片深红色和金黄色；整个树林就穿上了美丽的彩衣。鲜红的野蔷薇子在玫瑰花里面显得格外光彩夺目，接骨木树枝上挂着沉重的黑果实；野栗子成熟了从壳里脱落了下来。在丛林的深处，紫罗兰也静悄悄地开花了。

但是这"一年的皇后"，她开始一天一天地变得沉寂，一天一天地变得惨白。

"风开始吹得冷起来了！"她说，"夜也带来了潮湿的雾，我渴望能回到我的故乡。"

她看到鹳鸟飞向南方了，每一只都飞走了！"一年的皇后"在它们后面伸着手。她抬头仰望鹳鸟们的窠——都成了空巢。有一个鹳鸟窠里还长出了一棵梗子很长很长的矢车菊；另一个窠里已经长出了一棵黄芥子，好像这些窠就是为了保护它们而存在的。于是麻雀也开始飞上来了。

"吱吱！主人去了什么地方？风一吹起来，他们就有些吃不消了，所以他们就离开了这里。祝他们有一个愉快的旅行！"

树林里的肥沃的绿叶渐渐地变得枯黄了，一片一片慢慢地落下来；萧瑟的秋风在怒号。这里已经到了深秋；"一年的皇后"静静地躺在满地枯黄的落叶上，她用那双温和的眼睛望着满天闪亮的星星，她的丈夫——"夏天"就站在她的身边。一阵秋风从叶子上扫过，叶子就落了，皇后也跟着不见了，只有一只蝴蝶——这一年最后的生物——在寒冷的空中艰难地飞过去。

潮湿的雾弥漫着整个大地，接着就是冰冻的寒风和漫长的漆黑的夜。"夏天"的头发也变得雪白了，但是他自己还不知道，他以为这是从云块上飘落的雪花。不久，一层薄薄的雪就覆盖了整个田野。

这时圣诞节的钟声从教堂里传来。

"这是婴孩出生的钟声！""夏天"说，"不久之后，新的国王和他的皇后就要诞生了。我也将像我的妻子一样，要去休息了——到那闪闪亮亮的星儿上去休息。"

在一个覆盖满了白雪的绿纵树里，立着圣诞节的天使。他把这些鲜嫩树作为他圣诞晚会的装饰品。

"愿客厅里和绿枝下充满了快乐！"这年老的国王说。仅仅几个星期，他的头发都变白了。"我要休息了。今年我的王冠和王节将交给一对年轻人。"

"但是权力还是属于你的，"圣诞节的天使说，"因为你有权力，所以你不能休息！就让雪花覆盖在幼嫩的种子上吧！请你接受这样的事实：虽然实际上是你在统治着，却是别人得到尊敬。请你学会接受这样的事实：也许别人会忘记你，即使你还活着！当春天到来的时候，你休息的时期也快到了。"

"那春天什么时候到来呢?""冬天"问。

"当鹳鸟回来的时候,他就来到了!"

满头白发和满脸白胡子的"冬天",虽然是一副寒冷、佝偻和苍老的样子,但是他像冬天的风暴一样健壮,像冰块一样坚强。他坐在山顶的积雪上向南方眺望,就跟上一个"冬天"一样坐着和望着。冰块发出当当的声音;雪在咯咯吱吱地响;溜冰人在光滑的湖面上滑来滑去;渡鸟和乌鸦立在白地上的样子非常漂亮。风儿纹丝不动。在这安静的空气中,"冬天"捏紧了他的拳头,山峰与山峰之间结了几尺厚的冰块。

这时麻雀又从城里飞出来了,同时问:"那个坐着的老人是谁呢?"

渡鸟又坐在那儿——也许这就是它的儿子吧,反正是一样的——对麻雀说:"那是'冬天'——去年的老人。他并不像历书上说的死去了,而是快要到来的春天的保护者。"

"春天什么时候到来呢?"麻雀问,"只有春天到来了,我们才会感到快乐的时光,也才会有更好的统治!而那个'冬天'一点儿也不行。"

"冬天"沉思地点着头望着那没有叶子的黑树林。树林里的每一棵树都伸展着美丽的枝条,它们有着美丽形态和曲线。在冬眠的日子,云块上降落下来冰冷的雾,这使得这位统治者想起了他的少年时代。天快要亮的时候,白霜给整个的树林穿上了一层美丽的衣裳。这是"冬天"的夏夜梦。太阳出来了,白霜从树枝上消失了。

"'春天'什么时候才会到来呢?"麻雀问。

"春天!"从盖满了雪的山丘上飘来一个回音。太阳照得更温暖,雪也融化了,鸟儿在唧唧喳喳地唱"春天到来了!"

然后高高的天空中飞来了第一只鹳鸟,接着第二只也飞来了。每只鹳鸟的背上坐着一个美丽的孩子。他们落到田野上来,美丽的孩子吻了这土地，也吻了那个沉默的老人。于是这位老人就像立在山上的摩西一样，消失在一团迷蒙的雾气中。

一年的故事就这样结束了。

"这一切都如此好！"麻雀们说，"而且这也是非常美丽的，但是这是不对的，因为它跟历书上说的不相符。"

天鹅的窠

在波罗的海和北海之间有一个名叫丹麦的古老的天鹅窠。天鹅就是在它里面生出来的，无论是过去还是现在都是这样的。而人们永远记得它们的名字。

在远古的时候，有一群天鹅飞过阿尔卑斯山，它们落在"五月的国度"里的绿色平原上。它们幸福地生活在这里。而这群天鹅的名字叫作"长胡子人"。

而另外一群天鹅，它们长着发亮的羽毛和诚实的眼睛，飞向南方，在拜占庭落下来。它们住在皇帝的座位周围，同时伸开它们洁白大翅膀，保护着皇帝的盾牌。这群天鹅叫作瓦林格人。

但是在法国的海岸上却响起一片惊恐的声音，因为一群天鹅正拍着带有火焰的翅膀从北方飞来，它们是嗜血狂。人们祈祷："愿上帝把我们从这些野蛮的北欧人手中救出来！"

一只丹麦的天鹅站在碧绿的英国草原上，站在广阔的海岸旁边。它的头上戴着代表三个王国的皇冠，然后它把它的王杖插向这个国家的土地。

因为丹麦的天鹅，带着绘有十字的旗帜和拔出的剑，向波美尔海岸飞来了，所以这里的异教徒都在地上跪下来。

那是很久，很久以前的事了！你会这么认为。

但是还有两只强大的天鹅从窠里飞出来了，而且离我们的时代不远。

一道光穿过天空，照射到世界的每个国土上。这只天鹅拍着他强大的翅膀，撒下一层昏黄的烟雾。接着星空渐渐变得更明朗更清楚，就像快要与地面相接了。这只天鹅的名字叫作透却·布拉赫。

"啊，那是多少年前的事情了！"你可能会说，"但是在我们这个时代有吗？"

在我们这个时代里，我们也曾看见过许多美丽的天鹅在飞翔：有一只用他的翅膀在金竖琴的弦上轻轻地拂过，于是琴声响遍了整个北国：挪威的山似乎在古代的太阳光中增高了不少；松林和赤杨发出刷刷的回音；北国的神仙、英雄和贵妇人在深黑的林中偷偷地展露头角。

我们看到一只天鹅在一个大理石山上拍着翅膀，然后这座山就崩裂了。被囚禁在这山中的美的形体，也显现到明朗的太阳光中来。所有的人都抬起他们的头来，观看这些绝美的形体。

我们看到第三只天鹅纺着思想的线。这线绕着地球从这个国家连到另一个国家，使得语言像闪电一样从这个国家传到另一个国家。

位于波罗的海和北海之间的天鹅窠是我们的上帝喜欢的。让那些强暴的鸟儿从空中飞来毁灭它吧。"这是永远不允许发生的事情！"因为甚至连羽毛还没有长全的小天鹅都会在这窠的边缘守护——这也是曾经我们看到过的事情。它们可以让它们柔嫩的胸脯被啄得流血，但它们仍然会用它们的嘴和爪斗争下去。

虽然许多世纪将会过去，但是天鹅将会不断地从这个窠里飞出来。而所有的人将会看见他们，并听见他们的呼叫。这距离人们说"这是最后一只天鹅，这是天鹅窠里发出的最后的歌声"还远得很呢！

好心境

好心境是我从父亲那里继承的一笔最好的遗产。我的父亲是谁呢？可跟好的心境没有什么关系！他是一个心宽体胖的人，又圆又胖。他的职业与他的外表和内心很不一样。如果把父亲的职业和社会地位写下来，印在一本书的开头，那么，许多人一读到它可能就会把书扔掉，说："这真让人觉得别扭，我可不要读这种东西。"可不是你想的那样，我的父亲既不是一个刽子手的跟班，也不是一个刽子手。事实上，他得站在城里最尊贵的人的面前，这是他的职业使然。这是他工作的权利，也是他的地位。他不但走在前面，而且还走在主教的前面，甚至是纯血统的王子前面。他总是走在前面——因为他是一个赶柩车的人！

瞧，我把父亲的职业说出来了！可以说，我的父亲高高地坐在死神的交通车上、一件又长又宽的黑披风披在身上、头上戴的三角帽缀着黑纱，而他圆圆的笑脸就像太阳一样，看到这样的我的父亲，人们恐怕很难想到坟墓和悲哀了。他的圆圆的笑脸说："不要害怕，其实这比你所想象的要好得多！"

因此，我不仅继承了他的"好心境"，而且形成了一个经常拜访墓地的习惯。如果带着"好心境"去，其实也是蛮痛快的事情。跟我的父亲一样，我也订阅新闻报。

　　虽然我不太年轻。但是我既没有老婆，孩子，也没有书。不过，我有新闻报，像前面提到的，我订阅新闻报。它不仅是我最心爱的一种报纸，也是我父亲最心爱的一种报纸。它里面有一个人所需要知道的所有的东西——这是它的优点，比如：谁在教堂里讲道，谁又在新书里说教；如果想要找到房子和佣人，你可以去哪里；谁拍卖了什么，而谁破产了。那上面还有许多慈善事情和天真无邪的诗！除了这些东西还有征婚、约会和拒绝约会的广告等——这些都是非常简单和自然的！一个人如果订阅了新闻报，他的生活就可以很愉快，即使是走进坟墓里去也是愉快的。当他寿终正寝的时候，他可以舒舒服服地睡在一大堆报纸上面——当然如果他不愿意睡在刨花上的话。

　　我在精神上的两件最富有刺激性的消遣就是新闻报和墓地，也是我的好心境最舒适的源泉。

　　阅读新闻报是每个人都可以做到的。所以我想请你一块儿跟我到墓地去。在太阳光普照，树叶变绿的时候，我们到墓地去吧。我们可以在坟墓之间走走！每座坟像一本书脊朝上并且合着——你只能看到它的书名。除了书的内容，它什么东西也没有说明。不过我知道它的内容——那是我从我的父亲和自己那里知道的。我的"坟墓书"都把它记载了下来，这本书只是作为自己的参考和消遣。里面包含了所有的事情，是有很多东西的。

　　我们现在来到了墓地。

　　这儿，有一排涂了白漆的栏栅，在它后面，曾经长着一棵玫瑰树。虽然现在已经没有了，却从旁边的坟上的一小片绿林上伸过来一个枝子，空白似乎被弥补了。在这儿躺着的是一个很不幸的人；但是，在他活着的时候过着"小康"的生活，非常好。他的收入常常会有一点剩余，他非常关心这个世界——或者准确地说，他关心艺术。当他在晚上坐在戏院里聚精会神地欣赏戏的时候，如果布景人把月亮两边的灯光弄得太强了一点；或者把天空悬在景上面，那应该放在景后边的；或者在亚马格尔的风景里放上了棕榈树或者把仙人掌放在蒂洛尔的风景里，或者在挪威的北部放上了山毛榉，他就会忍受不了。对于别人来说这可不是什么大不了的事情，没有人会去理它。也没有人为这些琐事感到不安。这只是在做戏而已，其目的也只是给人娱乐。观众有时会热烈地鼓掌，有时也只是鼓几下而已。

"这就是湿柴火，"他说。"今天晚上一点儿也燃不起来！"然后他就向四周望，看看究竟是些什么样的观众。他发现他们在该笑时不笑，却在不应当笑的地方却大笑了——这更使得他心烦意乱，坐立不安，成了一个不幸的人。现在的他躺在坟墓里。

再看这边，这儿躺着一个非常幸福的人，他是一位大人物。他出身很高贵，这是他的幸运，这使得他生来就不是一个渺小的人。我们为大自然的聪明安排而感到愉快。他常常穿着前后都绣了花的衣服，出现在沙龙的社交场合，那些镶着珍珠的拉铃绳的把手后面有一根很适用的粗绳子在代替它做工作。就像那一样，他后边也有一根很粗的好绳子也就是一个替身——代替他做工作，而且现在仍然在另一个镶有珍珠的新把手后面做工作。所有的事情都被安排得这样聪明，很容易使人获得好心境。

瞧这边躺着的，让人想起来就很伤心！他活着就是为了要找到一个伟大的思想，为此他花了六十七年的光阴，最后他觉得自己找到了。因此他非常开心，也终于怀着这个伟大的思想死去了。可是无论是谁都没有享受到这个伟大思想的好处，而且也没有人听到过这个伟大的思想。我认为，他这个伟大的思想并不能使他在坟墓里得到安息：比如这个好思想只有在吃早饭的时候说出来才能有效的话，而他，像一般人对于幽灵的看法，只能在半夜出现和活动。那么他伟大的思想与时间不符合。谁也不会因此发笑，他只好把他的伟大思想跟自己一起被埋进坟墓里去。因此这是一座忧郁的坟墓。

这边躺着一个非常吝啬的妇人。在她活着的时候，常常半夜起来学猫叫，她的邻人都以为她养了一只猫——她是那么的吝啬！

这儿躺着一个小姐，她是出自名门的大家闺秀，当她跟别人在一起的时候，她总是希望人们听她唱歌。她唱："mi manca la voce！"这是她生命中唯一真实的事情。

与上边的女孩相比，这儿躺着一个另一类型的姑娘！当心中的金丝雀在歌唱的时候，理智的指头就伸出来塞住她的耳朵。这位漂亮的姑娘总是说"差不多快要结婚了。"其实，这是一个老故事……只不过是说得委婉一点儿罢了。我们还是让死者安息吧。

这儿躺着一个嘴里满是天鹅的歌声的寡妇，但她的心中藏着猫头鹰的胆汁。她常常跑到邻家去找人家的缺点，就像个古时的"警察朋友"一样，她想要找到一座并不存在的阴沟上的桥，为此总是跑来跑去。

这儿是一个家庭的坟地。这家庭的每一分子都相信，即使整个世界和报纸都说"是这样的"，而他们的小孩儿从学校里回来却说："是那样的，"家庭的每一分子都觉得他的说法是唯一的真理，因为他是这家里的一分子。对于他们大家也都知道：如果他们家一只公鸡半夜打鸣，他们就要说天亮了，虽然守夜人和城里所有的钟都说这是半夜。

伟大的歌德在他的《浮士德》的结尾说："可能继续下去。"而我们在墓地里的散步也是一样的。我是常常来这儿的！如果我的任何朋友或者敌人使我觉得活不下去的时候，我就来墓地，剪一剪绿草地，献给我打算要埋掉的他或她，而且立刻将他们埋葬掉。他们静静地躺在那儿，没有生命，没有力量，一直到变成更新和更好的人他们才活转来。按照我的思路，我把他们的生活和事迹，在我的"坟墓书"上记录下来，用我的一套看法去研究他们。我觉得每个人都应该这样做。当人们做了很多抱歉的事情的时候，不应该只有苦闷和烦恼，而应该立刻把他们埋葬掉，同时保持自己的好心境和阅读新闻报——这报纸上的文章是由许多人写成的，但是在那后面却有一只手在牵线。

有一天，当我带着自己的故事一起被埋进坟墓里去的时候，我希望人们会给我一个这样墓志铭：

"一个好心境"

而这就是我的故事。

伤心事

这个故事由两部分组成：头一部分是可以删掉的，但是它又是有用的，因为它又是有用的，因为它可以告诉我们一点初步的情节。

我们住在乡下的一个宅邸里。有一天主人要出门去，恰巧，有一位太太到来了，她是从邻近的小镇里过来的。她还带着一只哈巴狗；据她说，她是为了要处理她在制革厂的股份而来的。当然她带来了所有的文件；我们都忠告她，让她把这些文件放在一个大信封里，在封面上写出业主的地址，像"作战兵站总监，爵士"等。

她听着我们的忠告，同时拿起笔，思考了一会儿，然后又要求我们把这意见再慢慢地念一次。我们同意，于是她就写起来。当她写到"作战……总监……"的时候，她停住了笔，叹了一口气说："我只不过是一个女人而已！"

当这位太太在写的时候，她把她的哈巴狗放在了地上，于是它汪汪地叫了起来。她为它的兴趣和健康着想才把它带来的，所以人们不应该把它放在地上。它有一个朝天的鼻子和一个肥胖的背，这是它外表的有趣的地方。

"它不会咬人！"太太说。"因为它没有牙齿。它是我们家里的一个成员，虽然很忠心但脾气很不好。这都是因为我的孙子常常拿它开玩笑的缘故：他们玩结婚的游戏时，就要把它扮作娘。可怜的小老头儿，这让它太吃不消了！"

她把她的文件发出去后，她便把她的哈巴狗抱在了怀里。这就是故事的头一部分，我想是可以删去的。而故事的第二部分是"哈巴狗死掉了！"。

这距离太太抱着它来乡下已经有一个星期了：我们来到城里，在一个客栈里住下来。

我们的窗子面对着制革厂的院子。院子用木栏栅隔作两部分。一部分里面挂着许多皮革——既有生皮也有制好了的皮。凡是制革的必需器具这儿都有，而且都是属于这个寡妇的。哈巴狗在那个早晨死去了，它被埋葬在这个院子里。寡妇的孙子们（也就是制革厂老板的未亡人的孙子们，哈巴狗可从来没有结过婚）把它埋进了这座坟。哈巴狗躺在里面一定是很高兴的，因为这是一座很美的坟。

坟的四周镶了一些花盆的碎片，他们还在上面撒了一些沙子。坟顶上插着半个啤酒瓶，瓶颈朝上——事实上，这并没有什么象征的意义。

孩子们在坟的周围跳舞。他们中间最大的一个孩子——他是一个很实际的，但也只有七岁的小孩子——提议开一个哈巴狗坟墓展览会，让街上所有的人都来观看。门票是一个裤子扣，因为这是每个男孩子都有的东西，当然男孩子们还可以用多余的裤子扣替女孩子买门票。这个提议得到了大家的赞同。

街上所有的孩子——甚至后街上的孩子——都跑来了，他们拿出了扣子。这天下午人们可以看到许多孩子只用一根背带吊着他们的裤子，即使这样，因为他们看到了哈巴狗的坟墓，却也认为这代价是值得的。

不过在制革厂的外面，一个衣服褴褛的女孩子站在紧靠着入口的地方。她的卷发又长又漂亮，眼睛又蓝又明亮，她很可爱，使人看到感觉愉快。她不说话，也不哭。每次那个门打开的时候，她就朝里面怅然地望很久。因为她没有一个裤扣子，所以她就悲哀地呆在外面，一直等到别的孩子们都参观了坟墓，离去以后，她就坐了下来，对她说来，就她一个人没有看过哈巴狗的坟墓是一件伤心事，跟成年人常常所感到的伤心事差不多。

我们高高地在上面看到这情景，这件小女孩的伤心事，像我们自己和许多别人的伤心事一样，使得我们微笑！这就是我要讲的整个的故事。如果你不了解它，你可以到这个寡妇的制革厂去买一份股子。

一千年之内

畅想吧，在一千年之内，人类将乘着蒸汽的翅膀，在天空中和海洋上飞行！年轻的美洲人将会回到古老的欧洲去浏览。他们将会看到许多古迹和成为废墟的城市，就像我们现在去南亚观看那些正在湮灭的奇观一样。

他们在一千年之内一定会到来！

泰晤士河，多瑙河，莱茵河依然在滚滚地流；山峰布满积雪的布朗克山仍然屹立着；北极光也自古地照耀着北国的土地；只是人类已经一代接着一代地化为尘土，而一度当权的人们也被人们渐渐遗忘了，事实上，跟那些躺在坟墓里的人没有两样。富有的商人把凳子一一放在这些坟地上，这片土地是他的田产。他坐在那上面欣赏他土地上一片波浪似的麦田。

"到欧洲去！"美洲的年轻人说，"那是我们祖先的国度，那是回忆和幻想的美丽的国度——到欧洲去！"

飞船里面坐满了客人，这种旅行可要比海上航行快得多。海底的电线已经把这批空中旅客的人数传输过去了。已经可以看见欧洲——爱尔兰的海岸线了，但是旅客们仍然在睡觉。当他们到了英国上空的时候，人们才会把他们喊醒。他们所踏上的莎士比亚的国度，那是知识分子所谓的欧洲的头一片土地——其他人却称它为政治的国度，机器的国度。

他们在这儿只能停留一整天——因为他们是一群忙碌的人，所以在英格兰和苏格兰只能花这点时间。

他们通过英国海峡的隧道到法国去——到查理大帝和拿破仑的国度里去。被人们提起了莫里哀这个名字。学者们讲起了远古时代的古典派和浪漫派；大家热烈地谈论着英雄、诗人和科学家。但我们还不知道这些人，但他们将会在欧洲的中心——巴黎——产生。

飞船飞到哥伦布所出发的那个国度。这是诃尔特兹出生的国度，也是加尔得龙写出他奔放的诗剧的国度。在那些开满了花朵的山谷里，仍然住着黑瞳子的美妇人；人们从那些古老的诗歌中，可以听到西得和阿朗布拉的名字。

飞船飞过高空和大海，旅客们到了意大利。古老的、永恒的罗马就在这儿，但它已经消逝了；加班牙是一片荒凉；即使圣彼得教堂只剩下一段孤独的断垣残墙，人们还是要质疑它是不是真迹。

然后他们又到了希腊。他们在奥林普斯山顶上的华贵旅馆里过了一夜，也代表了他们曾经到过这块地方。然后他们又向波土泼路斯前进，他们想在那儿休息几个钟头，同时看看拜占庭的遗址。传说中的那些曾经是土耳其人作为哈伦花园的地方，现在只有穷苦的渔人在那儿撒网。

他们沿着宽阔的多瑙河两岸的那些大城市的遗迹飞过。在我们这个时代，我们是不认识这些城市的。它们是在时间流逝的过程中建造起来的，它们写满了回忆。旅客们一会儿落下来，一会儿又飞走。

他们下一站到了德国。铁路和运河布满了它的土地。在这片国土上，路德讲过话，歌德唱过歌，莫扎特掌握过音乐的领导权。在科学和音乐方面，这儿曾经出现过我们所不认识的辉煌的名字。他们花了一天时间游览德国，又用一天游览北欧——奥尔斯德特和林涅斯的祖国，以及有很多古代英雄和住着年轻诺曼人的挪威。他们参观完在归来的途中拜访了冰岛。曾经的沸泉已经不再喷水了，赫克拉也已经熄灭。不过在波涛汹涌的大海中那座坚固的石岛仍然屹立着，那可是英雄故事的纪念碑。

　　"在欧洲可以浏览的东西可真多！"年轻的美国人说，"我们花八天的时间把它看完了，其实这是挺容易的，跟那位伟大的旅行家（于是他举出了一个跟他同时代的人的名字）在他的名著《八日游欧记》中所说的一样。"

天上落下来的一片叶子

在稀薄的、清凉的空气中，有一个天使拿着一朵花在天上花园中高高地飞。当他吻这朵花的时候，碰落的一小片花瓣落到树林中潮湿的土地上，马上就生了根，并且在许多别的植物中间冒出嫩嫩的芽来。

"这真是一根可笑的插枝。"其他植物说。蓟和荨麻都不认识它。

"这一定是长在花园里的一种植物！"它们说的时候发出一声冷笑。因为它们觉得它是花园里的一种植物所以才开它的玩笑。可是它跟别的植物不一样，它在不停地生长，它把长枝子向四面伸开来。

"你要把枝子伸到什么地方去呢？"高大的蓟说。它的每片叶子都长满了刺。"你怎么能占这么多地方！这真是让人生气！我们可不能扶持你呀！"

冬天来了，植物被雪盖住了。不过雪层上发出光，就像有太阳从底下照上来一样。春天来了，这棵植物开出花来，它可是树林里最美丽的植物。

这时来了一位教授，他有多个学位来说明他的身份——一位植物学教授。他看了这棵植物一眼，然后检验了一番；但是他发现他的植物体系内没有这种植物。他简直没有办法把它分类。

"它是一个变种！"他说。"我不认识它，因为它不属于任何一科！"

蓟和荨麻说，"不属于任何一科！"

周围的许多大树也听到了教授的这些话。它们也看出来了，这种植物跟它们不是一个系统。但是它们一句话也没说——不说坏话，也不说好话。对于傻子说来，这是一种最聪明的办法。

这时一个天真的女孩子走过树林，虽然她很贫苦，但是她的心很纯洁；因为她有信心，所以她的理解力很强。她全部的财产只是一部很旧的《圣经》，不过她在每页书上都听见上帝的声音；如果你遭遇了别人对你做坏事，你一定要记住约瑟的故事——"虽然他们在心里想着坏事情，但是上帝把它变成最好的东西。"如果被人误解或者侮辱，而使你受到委屈，你只须记住上帝；因为他是一个最纯洁、最善良的人，所以他为那些讥笑他和把他钉上十字架的人祈祷：

"天父，请原谅那些人吧，他们不知道自己在做什么事情！"

女孩子站在这棵珍稀的植物面前——甜蜜和清新的香气从它的绿叶中散发出来，在太阳光的照射下，它的花朵射出五光十色的焰火般的光彩。每朵花都响起一种音乐，它里面好像有一股音乐的泉水，几千年也流不尽。女孩子怀着无比虔诚的心，望着造物主创造出的美丽。她顺手把一根枝条拉过来，仔细地看它上面盛开的花朵，闻着这些花朵散发出的香气。她心里突然觉得轻松起来，感到一种愉快。虽然她很想摘下一朵花，但是她不忍把它折断，因为如果把花折断它就会凋谢了。她只是摘下一片绿叶。并把它带回家来. 夹在《圣经》里。叶子在这本书里永远保持着最初的新鲜，从来未凋谢。

叶子就这样被夹在《圣经》里。几个星期过去了，这女孩子死去了，躺在棺材里的时候，头底下放着那本《圣经》。她平和的脸上露出一种庄严的、死后虔诚的表情，而她的这个尘世的躯壳，就像说明她现在已经是在上帝面前。

而那棵奇异的植物在树林里仍然开着花，而且很快就要长成一棵树了。许多候鸟，特别是燕子和鹳鸟，都飞到这棵植物跟前来，在它面前低头致敬。

"它都有点儿洋派头了！"蓟和牛蒡说。"而我们从来没有这副样子，我们这些本乡生长的植物！"

实际上黑蜗牛已经在这植物身上吐黏液了。

这时来了一个猪倌。他正在采集荨麻和蔓藤，为的是要把它们烧出一点儿灰来。他把这棵奇异的植物连根拔起来了，并把它扎在一个柴捆里。"让这棵植物也能够有点用处！"他说，同时他也就这样做了。

这个国家的君主这么多年以来一直害着很严重的忧郁病。他是个非常忙碌和勤俭的人，而这对他的病却一点帮助也没有。人们给他念些深奥的或最轻松的书听，可这对他的病并没有什么好处。对比人们请教了世界上一个最聪明的人，这聪明的人派来一个信使。信使对大家说，要想减轻和治好国王的病，现在只有一种药方。"在国王的领土的一个树林里长着一棵植物，它来自天上。它的形状是这样的，人们是不会弄错的。"信使还拿着一张关于这棵植物的图解，人们是一看就可以认出来的。"它无论是在冬天还是夏天都是绿的。人们只需每天晚上摘下一片新鲜的叶子放在国王的额头上，那么国王的头脑就会变得清晰，晚上就会做一个美丽的梦，第二天也就会非常有精神了。"

大家已经听得够清楚了。所有的医生和那位植物学教授都到树林里去寻找了——可是这棵植物生长在哪里呢？

"我已经把它扎进柴捆里去了！"猪倌说："它早就已经烧成灰了。别的事情我就不知道了！"

"你什么都不知道！"大家齐声说。"啊，愚蠢啊！真愚蠢！你怎么这么伟大啊！"

听到人们对他讲的，猪倌可能感到非常难过。

他们一片叶子也没有找到。他们也不知道，那唯一的一片叶子是藏在那个死去的女孩的棺材里。

国王在极度的忧郁中亲自走到树林中的那块地方去。

"那棵珍稀的植物曾经在这儿生长过!"国王说。"这真是一块神圣的地方!"

于是他让人在这块地的周围竖起了一道金栏杆。并派了一个哨兵日夜在这儿站岗。

植物学教授写了一篇论文,是关于这棵天上植物的。他因为这篇论文而得到了勋章。这件事对他说来是很愉快的,当然对于他和他的家庭也是非常相称的。事实上这也是整个故事中最有趣的一段,因为这棵植物不见了。所以国王仍然是忧郁和沮丧的,"他一直就是这样的。"哨兵说。

最后的珠子

　　这是一个富有并且幸福的家庭。所有的人，无论是主人，仆人还是朋友都是高兴和快乐的，因为在这天一个继承人——一个儿子——出生了。妈妈和孩子都很好。

　　这个卧室非常的舒服，里面的灯是半掩着的；窗子上挂着贵重的、用丝织成的厚窗帘；地毯又厚又柔软，就像一块儿长满了青苔的草地。一切东西都像催眠曲一样，让人想睡觉，给人一种愉快的、安静的感觉。保姆也有这种感觉，所以她睡了，她当然睡得着，因为这儿的一切是美好和幸福的。

　　这家的守护神站在床头。他在孩子和母亲的上空伸展开来，像无数明亮而灿烂的星星——每颗星是一个幸运的珠子。善良的、充满生命力的女神们给这个新生的孩子带来了礼物。这儿是一片充满了健康、希望、幸运和爱情的景象——总之，人们在这个世界上所希望有的东西，这儿全有了。

　　"所有的东西都送给这一家人了！"守护神说。

　　"还少一件！"一个声音在他身边响起，这是孩子的好天使。"还有一个仙女没有来送礼物。但是她一定会送来的，即使许多年过去了，她也总会有一天送来的。而那件东西是缺少那颗最后的珠子！"

"缺少？这儿应该什么东西都不缺少。假如真缺少的话，那么我们就要去找她——这位有力量的女神。我们去找她吧！"

"她会来的！总有一天会来的！因为如果把整个花环扎好，她的这颗珠子是绝对不可以缺少的！"

"她住在哪里呢？她的家到底在什么地方呢？你只要告诉我，我就可以去取来这颗珠子！"

"你真的愿意这样做吗？"孩子的天使说。"不管她在哪里，我可以领你去。她没有固定的住址。她有时到皇帝的宫殿里去，有时也到最穷苦的农人家里去。她每走过一个人家就会留下一点痕迹。她给每个人都送一点礼品——不管是大量的财富，还是一个小小的玩具！所以她一定会来看这个小孩子的。你是不是觉得我们只是这样等下去，将来不一定会得到好的东西？如果是这样，那我们现在就去取那颗珠子吧——去取这颗最后的珠子，弥补美中不足吧。"

于是他们手挽着手，飞到女神现在住的地方去。

这是一幢非常大的房子。走廊是阴暗的，房间是空洞洞的。这里面非常的安静。整排的窗子是打开的，粗暴的空气自由侵入，垂着的白色长窗幔在微风中飘动。

一口开着的棺材停在屋子的中央，棺材里躺着一个年轻的少妇的尸体。新鲜美丽的玫瑰花铺盖在她的身上，只有她那双交叉叠放着的、细嫩的手和平和的、表示出对于上帝极度忠诚的、高贵的脸显露出来。

棺材旁边站着她的丈夫和孩子——这是她全家的人。最小的孩子依偎在爸爸的怀里；他们都在这儿作最后的告别。丈夫吻着她的手。这只手像一片凋零的叶子的手曾经是怎样慈爱地、热烈地安抚过他们。大颗泪珠伴着悲伤，沉重的心情落到地上，任何人说不出一句话来。这种沉默正说明悲哀是多么深重，他们在沉默和呜咽中走出了这屋子。

屋子里点着一根蜡烛，在风中，烛光不停地挣扎，不时伸出又长又红的舌头。陌生人走进来，把开着的棺材盖儿紧紧地钉牢。铁锤当当的敲击声在房间里，在走廊上，引起一片回响，在那些伤心碎裂的心里也引起回响。

"你要把我带到哪里去呢？"守护神说，"拥有生命中最好的礼物的仙女会住在这儿吗？"

"她就住在这儿——在这个神圣的时刻住在这儿，"天使指着一个墙角说，以前她活着的时候，就常常坐在这墙角里的花和图画中间；常常慈爱地对丈夫，孩子和朋友点头，就像这屋子里的守护神一样；她就像照进这屋子里的太阳光一样，常常在这儿散布着欢乐——她曾经是这家庭的重点和中心。现在这儿坐着一个陌生女人，穿着又长又宽的衣服，她就是悲哀的女神，她现在代替死去的少妇，成了这家的女主人和母亲。一颗热泪落到她的衣服上，变成一颗珠子。这颗珠子折射出彩虹般的各种颜色。天使捡起这颗珠子。珠子射出耀眼的光彩，像一颗有五种颜色的星星。

"悲哀的珠子是一颗最后的珠子——它是怎样也不能缺少的！因为只有通过它，其他的珠子才显得特别光彩夺目。你可以在它上面看到彩虹的光辉——它把天上和人间连接起来。我们每次死去一个亲密的人，就可以在天上得到一个朋友。在夜间我们向天空望，寻求最美好的东西。请你看看那颗悲哀的珠子吧，从这儿把我们带走的那对灵魂的翅膀，就藏在这颗珠子里面。

两个姑娘

你曾经看到过一位姑娘没有？这里所谓的姑娘就是铺路工人所谓的一位"姑娘"。她是一种把石头打进土里去的器具。她完全是由木头做成的，下面是宽的，并且套着几个铁箍。她的上部却很窄小，用一根棍子穿进去，这就是她的双臂了。

就有这么两个姑娘在放工具的那个屋子里。跟铲子、卷尺和独轮车他们住在一起。一个谣言在它们之间流传着，那是说姑娘不再叫作"姑娘"，而要叫做"手槌"了。在铺路工人的字眼中，这是一个最新、而且也是最正确的名词了，它代替了我们从古时起就叫的"姑娘"。

而在我们人类中有一种所谓的"自由女子"，比如私立学校的校长、接生姑娘、能用一条腿站着表演的舞蹈家、时装设计师、护士等，我们把她们叫作姑娘。而工具房里的这两位"姑娘"也把自己划到这类妇女的行列中去。可不想自己被叫作"手槌"，她们决不放弃路政局的"姑娘"这个古老的好名称。

"'姑娘'是人的称号，"她们说，"'手槌'只不过是一种物件。我们可不能让人叫做物件——这是一种侮辱。"

"我的未婚夫会跟我闹翻的，"那个跟打桩机订了婚的顶年轻的"姑娘"说。打桩机是一个大器具，他能把许多桩打进地里去，因此

"姑娘"小规模做的工作是他在大规模地做。"因为他把我当作一个姑娘才和我订婚；如果我是一个'手槌'的话，他还愿不愿意娶我就是个问题了。因此我绝对不会改变我的名字的。"

"而我宁愿折断我的两只手。"年长的那位说。

不过，独轮车却不同意他们的见解，独轮车是一个重要的人物，他觉得自己是一辆马车的四分之一，因为它是用一只轮子走路的。

"我认为，'姑娘'这个名字一点儿都不奇特，根本没有'手槌'这个名字漂亮，因为有这个名字你就可以进入到'印章'的行列中去。想想官印，只要它盖上一个印，就会产生法律的效力！我是要处于你们的位置，我宁愿放弃'姑娘'这个名称。"

"那可不行。我才不会做这种幼稚的事情！"年长的那一位说。

"你们一定没有听说过所谓'欧洲的必需品'这种东西吧！"诚实的老卷尺说。"一个人应该跟他的时代和环境适应。如果法律规定'姑娘'改成'手槌'，那么你就得叫作'手槌'。所有一切总得有一个尺度！"

"那不行。如果不改不行的话，"年轻的那一位说，"我只能接受改为'小姐'，因为'小姐'还带一点儿'姑娘'的气味。"

"而我宁愿被劈成柴烧，"年长的那位姑娘说。

最后两位姑娘一同去工作。她们乘车子去的——因为她们被放在独轮车上，这可以说是一种优待。但是她们仍然被叫作"手槌"。

"姑——！"她们颠簸在铺路石上的时候说。"姑——！"她们想把"姑娘"两个字整个念出来了，但是又断开，把"娘"字吞下去了，因为她们觉得没有这个必要。她们称自己为"姑娘"，同时赞美过去的那些好日子：在过去，所有东西都有它们正确的名字，姑娘就叫作姑娘。而现在她们也就成了一对老姑娘，因为那个大器具——打桩机——真的跟年轻的那位解除了婚约，他不愿意跟一个手槌有什么关系。

在辽远的海极

　　有几艘大船向北极开去；它们去那儿是为了要寻找陆地和海的界线，同时也要试验一下，人类到底能够向前走多远。它们冲破雾和冰的阻挠，在海上已经航行了好几年，它们确实也吃了不少的苦头。

　　现在冬天来了，太阳也看不见了，漫长的黑夜将要持续好几个星期。船只已经凝结在冰块的中间，它的四周是一望无际的冰块。雪堆积得很高；人们从雪堆中建立起蜂巢似的小屋——有些很大，像我们的古冢；再大些的，可以住下三四个人。其实这儿并不是漆黑一团；北极光射出红色和蓝色的光，就像大朵的焰火，永远不灭。雪发出亮光，大自然到处是一片傍晚的彩霞。

　　当天空达到最亮的时候，住在这里的土人就成群结队地走出来。他们穿着毛茸茸的皮衣，看上去非常新奇。他们坐的雪橇是用冰块制作成的，它们用它来运输大捆的兽皮，以便给他们的雪屋铺上温暖的地毡。他们还用这些兽皮做被子和褥子。当外面到处结冰、比我们最严寒的冬天还要冷的时候，水手们就可以裹着这些兽皮被子睡觉。

　　而在我们住的地方，这时还只是秋天。住在冰天雪地里的他们不禁想起了了故乡明媚的太阳光，也想起了挂在树上的红叶。

　　而这时钟上的时针告诉你你正是夜晚，是应该睡觉的时候。事实上，冰屋里已经有两个人躺下来要睡了。

这两个人之中最年轻的那一位身边带着他最好和最贵重的宝物——一部《圣经》。这是他临出发前他的祖母送给他的。他每天晚上把它放在枕头底下，其实，小时候起他就知道书里的内容了。

他每天都会读一小段儿，而且每次翻开的时候，他都能读到这几句能给他安慰的神圣的话："我若展开清晨的翅膀，飞到北极居住，即使在那里，你的左手必引导我，你的右手，也必扶持我。"

他怀着信心，记住这些含有真理的话，闭上眼睛睡着了，然后做起梦来。梦是上帝给他的精神上的启示。身体虽然在休息，但灵魂是活跃的，他能感觉到这一点；这就像那些亲切的、熟知的、旧时的歌声；就像那在他身边吹动的、温暖的夏天的风。从他睡的地方他看到一片白光在他身上洒下来，这像是有一件什么东西从雪屋顶上照进来一样。他抬起头来看，这白光并不是从墙上、或从屋顶上射来的，而是从天使肩上的两个大翅膀上射下来的。他望向他发光的、温柔的脸。

这位天使从《圣经》的书页里升上来，就像是从百合的花萼里升上来似的。天使伸开手臂，雪屋的墙在向下坠落，就像是一层轻飘的要散去的薄雾似的。眼前出现了故乡的绿草原、山丘和赤褐色的树林，它们在美丽的秋天的阳光中静静地展开来。鹳鸟的窠虽然已经空了，野苹果的叶子也已经落了，但是树上仍然挂着苹果。

玫瑰射出红光；在他的家——一个农舍——的窗子面前，一个小绿笼子里一只八哥正在唱着歌。这只八哥所唱的那支歌正是他以前教给它的那支。祖母正在笼子上放些鸟食，就跟他以前做过的一样。那个年轻而美丽的铁匠的女儿，正站在井边汲水。她对祖母点着头，祖母也对她招手，并给她一封远方的来信看。而这封信正是这天从寒冷的北极寄来的。而她的孙子现在就在上帝保护之下，住在那儿。

她们一会儿大笑起来，一会儿又不禁哭起来；而他住在冰天雪地里，在天使的双翼下，也不禁在精神上跟她们一起笑，一起哭。她们高声地读着信上所写的那句上帝的话："就是在北极居住，你的右手，也必扶持我。"四周发出一阵动听的念圣诗的声音。天使在这个梦中的年轻人身上，展开他的迷雾一般的翅膀。

他的梦做完了。雪屋里又是一片漆黑，他的头底下放着《圣经》，因而他的心里充满了信心和希望。"在这北极的地方"，上帝在他的身边，家也在他的身边！

钱 猪

婴儿室里有许多许多玩具，橱柜顶上有一个储物罐，它的形状像一只猪，是用泥烧制成的。在猪背上自然还有一条狭口，这狭口后来又被人用刀子挖大了一点儿，为的是能将整个银元也塞进去。事实上，除了许多银毫以外，里面也只有两块银元。

钱猪装得满满的，连摇也摇不响——这应该是一只钱猪所能达到的最高峰了。它现在高高地站在橱柜上，它对房里一切其他的东西都不屑一顾。因为它知道，它肚皮里所装的钱可以买到这里所有的玩具。也许这就是人们所谓的"心中有数"。

其实其他的玩具也想到了这一点儿，只是它们不讲出来罢了——因为它们还有许多其他的事情要讲。半开着的桌子的抽屉里有一个很大的玩具。她有点儿旧，而且脖子也修理过一次。她朝外边望了一眼，说：

"我们现在来玩扮演人的游戏好吗？这可是值得一做的事情呀！"

听到这个提议大家骚动了一下，甚至连墙上挂着的那些画也掉过身来，它们表示它们也有不同看法，但这并不是说明它们在抗议。

现在已经是半夜了。月光从窗子外面洒进来。游戏就要开始了。所有的玩具，甚至连比较粗糙的学步车，都被邀请了。

"每个人都有自己的长处，"学步车说，"我们不可能都是贵族。就像人们常说的，每个人都有自己适合的事做!"

因为钱猪的地位很高，所以大家都觉得他不会接受口头的邀请，所以给了他。事实上，他并没有说他来不来，但他真的没有来。如果他要参加的话，那得在自己家里欣赏。大家也就照他的意思办了。

那个小玩偶舞台布置得正好可以使钱猪一眼就能看到台上所有的扮演者。大家想先演一出喜剧，然后再吃茶和做知识练习。于是它立刻就开始了。摇木马说起了训练和纯血统问题，而学步车却说起了铁路和蒸汽的力量。他们说起的事情都是他们的本行，所以他们都在侃侃而谈。座钟"滴答——滴答"谈起了政治。它知道它敲的是几点钟，但是，有人说他走得并不准确。竹手仗骄傲地直挺挺地站着，一副不可一世的样子，因为上上下下都包了东西，上面包了银头，下面箍了铜环。沙发上躺着两个很好看，却糊涂的绣花垫子，戏现在可以开始上演了。

大家坐下来看戏。大家事先都说好了，观众应该根据自己喜欢的程度喝采、鼓掌和跺脚。不过马鞭说他从来不为老人鼓掌，他只为还没有结婚的年轻人鼓掌。

"我无论是谁都鼓掌。"爆竹说。

"每个人应该都有自己的立场!"痰盂说。这是他们看戏时心中的想法。

这出戏并没有什么价值，但是演得却很好。所有演出的人都把它们涂了颜色的一面面向观众，因为他们只能把正面拿出来看，而不能把反面拿出来看。大家演得棒极了，他们都跑到舞台前面来，站成长长的一排，这样人们就可以更一目了然把他们看得更清楚。

那个打了补丁的玩偶是那么高兴，弄得她的补丁都开了。钱猪也看得开心起来，他决定要为某一位演员做点事情：他要写下遗嘱，到了适当的时候，他要这位演员跟他一起葬在公墓里。大家觉得现在是真正的愉快，因此大家放弃了吃茶，继续做知识练习。这就是他们玩儿的扮演人类的戏了。他们只不过是扮演罢了，里面并没有什么恶意，每件东西除了只想着自己，再就是猜想钱猪的心事；但是只有钱猪想得最远，因为他已经想到了写遗嘱和入葬的事情。这事会发生在什么时候，他料想得总是比别人早。

啪！他从橱柜上掉了下来——跌到地上变成了碎片。小银毫跳着，舞着，有些小小的打着旋，而那些大的打着转儿滚开了，特别是那块大银元——他甚至想滚到广大的世界上去。结果他真的跑到广大的世界上去了，其他的也都是一样。但是钱猪的碎片却被扫进了垃圾箱里。不过，第二天，一个新的泥烧的钱猪被放在了橱柜上了。它肚皮里还没有装进钱，因此怎么晃都晃不出响声来；就这一点而言，它跟别的东西是一样的。不过这也只是一个开始而已——与此同时我们就做一个结尾吧。

犹太女子

在一个慈善学校有许多孩子，他们中有一个小小的聪明又善良的犹太女孩子。可以说她是他们之中最聪明的一个孩子。但是她却不能听宗教课。事实上，她是在一个基督教的学校里念书。

所以她可以利用宗教课的时间去温习地理，或者做算术。可是这些功课一会儿就解决了。书摊在她面前，但是她并没有读，只是坐着静静听。老师马上就注意到她了，她比其他的孩子听得都专心。

"读你想读的书吧，"老师用温和而热忱的口气说。她用她那对黑得发亮的眼睛望着他。当老师提问题的时候，她回答得比其他的孩子都好。她不仅把课全听懂了，领会了，而且记住了。

她的父亲是一个穷苦但是正直的人。他曾经向学校申请不让孩子听基督教的课程。但是如果上这一门功课的时候就叫她走开，那么会引起学校里其他孩子的反感，如果就这样把她留在教室里，会引起其他孩子胡思乱想，老这样下去是不行的。

于是老师去拜访她的父亲，请求他把女儿接回家去，或者干脆让萨拉——就是那个小女孩，做一个基督徒。

"她那双明亮的眼睛，以及她的灵魂所展示出的对教义的真诚和渴望实在让我看不下去了！"老师说。

女孩的父亲不禁哭起来。说：

"对于我们自己的宗教我懂得太少了，可是她的妈妈是犹太人的女儿，她是个虔诚的犹太教教徒。当她生病躺在床上要断气的时候，我答应过她，不让我们的孩子接受基督教的洗礼。我必须信守我的诚诺，因为这等于是跟上帝作的一个约定。"

就这样，犹太女孩子就离开了这个基督教的学校。

许多年过去了。

在尤兰的一个小市镇里的一个贫穷的人家，那里面住着一个信仰犹太教的穷苦女佣人。而她就是萨拉。她有着一头像乌木一样黑的头发；深深的眼睛，就跟所有的东方女子的眼睛一样，它们发出明亮的光辉。她虽然现在是一个成年的女佣人，但是她脸上仍然保留着儿时的表情——一个人坐在学校的凳子上，睁着一对大眼睛听课时的那种孩子的表情。

每个礼拜天教堂里的风琴奏出的音乐，做礼拜的人唱出的歌声飘到街上，然后飘到对面的一个屋子里去。而这个犹太女子就在这屋子里勤劳地、忠诚地工作着。

"记住这个安息日，把它当做一个神圣的日子！"这是她的信仰。其实对她来说，安息日却是一个为基督徒劳作的日子。她只是在心里把这个日子当作神圣的日子，只是她觉得只这样还不太够。

不过在上帝看来，日子和时刻没什么了不起的分别。这个想法产生在她的灵魂中。其实在这个基督徒的礼拜天，也有她安静的祈祷的时刻。只要风琴声和圣诗班的歌声能飘到厨房污水沟的后边来的话，那么这个地方也可以说是安静和神圣的了。然后她就开始读她族人的唯一宝物和财产——《圣经·旧约全书》。她只能读这部书，因为她把她的父亲所说的话深深地记在心里——父亲把她领回家时，曾对她和老师讲过，当她的母亲断气的时候，他曾经答应过她，不让萨拉放弃祖先的信仰而成为一个基督徒。

对于她来说，《圣经·新约全书》是一部禁书，当然也应该是一部禁书。但是她却很熟悉这部书，因为它从她童年时的记忆中射出光来。

有一天晚上，她坐在起居室的一个角落里，听她的主人朗声地读书。因为这并不是《福音书》，所以她听一听当然也没有关系——其实他是在读一本旧的故事书。因此她可以旁听。书中描写了一个土耳其的高级军官俘获了一个匈牙利的骑士。这个军官把这个骑士同牛一起套在轭下犁田，并用鞭子赶着他工作。骑士所受到的侮辱和痛苦是无法形容的。

这位骑士的妻子卖光了她所有的金银首饰，把堡寨和田产也都典当了出去。骑士的许多朋友也募捐了大批金钱，因为那个军官所要求的赎金非常非常的高。最终大家凑齐了这笔数目。他虽然从奴役和羞辱中得救了，但等他回到家时已经是病得支持不住了。

但是没多长时间，又下来了另外一道命令，征集大家去跟基督教的敌人作战。骑士虽然生病了，但一听到这道命令，就无法休息，也安静不下来。他叫人把他扶到战马上。血都涌上他的脸，他又觉得有力气了。他向胜利奔去。那位把他套在轭下，侮辱他、让他痛苦的将军，现在成了他的俘虏。这个俘虏现在被带到骑士的堡寨里来，过了不到一个钟头，那位骑士就出现了。他问这俘虏说：

"你觉得你会得到什么待遇呢？"

"我知道！"土耳其人说。"报复！"

"你说得对，你将得到一个基督徒的报复！"骑士说。"基督的教义告诉我们要宽恕我们的敌人，爱我们的同胞。上帝本身就是爱！平平安安地回到你的家里，回到你亲爱的人中去吧。但是请你将来对受难的人温和、仁慈一些吧！"

这位军官俘虏突然哭起来："我怎么也想不到会受到这样的待遇啊？

我想我一定会受到酷刑和痛苦。所以我已经服了毒，再过几个钟头毒性就要发作。我是必死无疑了，一点办法也没有！不过在我死以前，请给我讲一次这充满了爱和慈悲的教义吧。它是如此伟大和神圣！我想怀着这个信仰死去！让我作为一个基督徒死去吧！"

骑士满足了他的这个要求。

刚才主人所读的是一个传说，这个故事，大家听到并懂得了。不过最受感动和对比印象最深的是坐在角落里的那个女佣人——犹太女子萨拉。她乌黑的眼睛里的大颗的泪珠发出亮光。她怀着孩子的心情坐在那儿，就像她从前坐在教室的凳子上一样。她觉得福音真是伟大。她的脸上滚下大颗的泪珠来。

"不要让我的孩子成为一个基督徒！"这是她的母亲在死去时说的最后的一句话。这句话占据在她的灵魂和心里，像法律似的发出回音："你必须尊敬你的父母！"

"我不受洗礼！大家都叫我犹太女子。上个礼拜天邻居家的一些孩子就这样讥笑过我。那天教堂开着，我站在门口，望着里面祭坛上点着的蜡烛和唱着圣诗的会众。其实从学校的时候起，一直到现在，我都觉得基督教有一种力量。这种力量就跟太阳光一样，不管我怎样闭起眼睛，它总能照射进我的灵魂中去。但是我绝对不让妈妈在地下感到痛苦的！我也绝不会违背爸爸对妈妈所做的诺言！我是绝对不读基督徒的《圣经》。我有我祖先的上帝保佑！"

许多年又过去了。

主人死去了，女主人的家庭变得很困难了。她不得不解雇女佣人，但是萨拉却没有离开。她成了女主人困难中的一个助手，她维持着整个的家庭。她每天要工作到深夜，用她勤劳的双手来赚取面包。没有任何亲戚来照顾这个家庭，而女主人的身体也变得一天比一天糟——她已经在病床上躺了好几个月了。温柔和诚恳的萨拉照料家事，看护病人，不停地操劳着。她成了这个贫寒家庭的一个福星。

"《圣经》就在那儿！"病人说。"夜太漫长了，请念几段给我听听吧。我很想听听上帝的话。"

萨拉于是低下头。她打开《圣经》，双手捧着，开始给病人念。她的眼泪不断流出来了，使得眼睛变得非常明亮，而她的灵魂变得更高尚、纯洁。

"妈妈，我绝对不会接受基督教的洗礼，也不会参加基督教徒的集会。这是你的嘱托，我也绝不会违抗你的意志。在这个世界上我们是一条心，而在这个世界以外——在上帝面前更是一条心。'他指引我们走出死神的境界。'——'当他使土地变得干燥以后，他就降到地上来，并把它变得富饶！'我自己也不知道我是怎样懂得的！但是我现在懂得了，这是通过他——基督，我才认识到的真理！"

当她念出这个神圣的名字的时候，不禁地颤抖了一下。一股洗礼的火烧过了她的全身，使得她的身体支持不住而倒了下来，看上去比她所看护的那个病人还要衰弱。

"可怜的萨拉！"大家说，"日夜的看护和劳作已经把她的身体累坏了。"

人们把她抬到慈善医院去。她在那里死了，然后人们就把她埋葬了，因为她是犹太人，所以人们没有把她埋葬在基督徒的墓地里，因为那里面没有犹太人的位置。事实上，她的坟墓被掘在墓地的墙外。

但是上帝的太阳光不仅照在基督徒的墓地上，也照在墙外犹太女子的坟上。基督教徒墓地里赞美的歌声，也会飘到她的坟墓上，并在上空盘旋。当然，人们念的基督话语也飘到了她的墓上："救主基督复活了，他对他的门徒说：'约翰用水来使你受洗礼，我用圣灵来使你受洗礼！'"

聪明人的宝石

　　因为大家都知道《丹麦人荷尔格》这个故事，所以我不会再讲这个故事给你听，但是我想问一下，你记不记得它里面说过："荷尔格获得了印度广大的国土以后，往东走，一直走到世界的尽头，甚至走到那棵太阳树的跟前。"——这句话是克利斯仙·贝德生讲的。贝德生你知道吗？其实不知道他也没有什么关系。丹麦人荷尔格把治理印度的一切大权都交给了约恩牧师。约恩牧师你知道吗？其实知道与不知道他，也没什么关系，因为他跟这个故事并没有关系。因为我要讲的是一个关于太阳树的故事。这棵太阳树长在"印度——那世界的尽头的东方"。大家都是这样说的，因为他们没有学过地理。当然这也没有什么关系！

　　太阳树是一棵华贵的树，我们以前和现在没有看见过它，将来恐怕也不会看到它。太阳树树顶上的枝叶向四周伸出好几里路远。就它本身而言就是一个名副其实的树林，因为它每一根顶小的枝子都是一棵树。这上面除了长着棕榈树、山毛榉、松树和梧桐树，还有很多其他种类的树——事实上世界上所有的树这儿都有了。小枝从大枝上冒出来，而大枝东一个结，西一个弯，就像是溪谷和山丘——上面还覆盖着天鹅绒般的草地和盛开着无数的花朵呢。每一根树枝像一片开满了花的广阔草坪，或者说是一个最美丽的花园。太阳温暖的光洒向它，它就是一株名副其实的太阳树。

鸟儿从世界各地飞到它上面来，有来自美洲原始森林的，有来自大马士革玫瑰花园的，也有来自非洲沙漠地带的——大象和狮子以为自己是这个地带的唯一的统治者。南极和北极的鸟儿也飞来了；当然，鹳鸟和燕子也到场了。除了鸟儿，还来了许多其他的生物，像雄鹿、松鼠、羚羊，还有几百种其他会跳的动物也在这儿住下来。

树顶就像是一个广大的、芬芳的花园。它里面伸出来的巨大的树杈像绿色的山丘似的向四周伸展开来。在这些山丘里有一座水晶宫，俯视着世界上所有的国家。它上面的看起来像一朵朵百合花的是一座座塔；人们可以顺着花梗子爬上去，因为梗子里有螺旋楼梯。这样当你看到人们可以走到叶子上去也就不会惊讶了，因为叶子就是阳台。一个美丽、辉煌的圆厅藏在花萼里，它的天花板就是蔚蓝的天空，上面闪烁着太阳和星星。

在下边宫殿里的广大的厅堂也是同样辉煌灿烂的，只是它们的表现方式不同而已。整个世界就在那些墙上被映照出来。因为人们可以看到世界上发生的一切事情，所以人们都没有读报纸的必要，当然这里也没有什么报纸。人们可以通过活动的图画看到一切东西——事实上，只是你能够看到、或者愿意看到的那点儿东西，所有的一切都有一个限度，聪明人也不能例外，而这儿却住着一个聪明人。

这个聪明人的名字很难念，没有人能念出来，不过这并没有什么关系。他知道人们所知道的事情，甚至是人们在这个世界上所能知道的事情。他也知道每一件已经完成了的发明，或者快要完成的发明。但是因为一切都有一个限度，除了上面的事情其他的他就不知道了。以聪明著名的君主所罗门，也没有这个聪明人的一半儿聪明。但这位君主还要算是一个非常聪明的人呢。他统治着大自然的一切，管理着所有凶猛的精灵。就连死神每天早晨都得把当天要死的人的名单送给他看。虽然这样，所罗门自己也会死去。住在太阳树上宫殿里的这位法力很强的主人——这位探讨者——就经常在思考这个问题。尽管他比人类要更加有智慧，但总有一天他也会死去。他知道，他的子孙也会死亡，正如树林里的叶子会枯萎并且化为尘土一样。他知道，人类会像树上的叶子一样凋谢，为的是让新叶生长。但是凋谢的叶子落下来就彻底死去了；它只有化为尘土，成为别的植物的一部分。

当死神到来的时候，人会怎样呢？死到底是什么呢？身体失去了以后，灵魂会怎样呢？它会变成什么样子呢？它将到哪里去呢？"到永恒的生命中去。"这是宗教里所说的一句安慰话。但是如何转变过去呢？最后人会到哪里生活，怎样生活呢？"生活在天上，"虔诚的人说，"我们将要到天上去！"

"到天上去？"这位聪明人重复着这个虔诚的人说的这句话，然后凝神地向太阳和星星望去。

"到天上去！"从我们这个椭圆形的地球上看，天和地是一体的，是一样的东西。当然这完全取决于一个人站在这个旋转的球体上的什么角度观察而定。如果他爬到地球上最高山峰，那么他就可以看到，我们在下边所谓澄净透明的东西——"苍天"——不过是漆黑一团。所有东西上像盖了一块布似的，而在这种情形下太阳也不过是一个不发光的火球，地球上飘着的不过是一层橙黄的烟雾。因为肉眼的限制是那么大！而灵魂的眼睛所能看到的东西是那么少！与我们最休戚相关的事情，即使是最高智慧的圣人也只能看到很微小的一点儿。

这位圣人一页一页地翻着，读着在这宫殿的一个最秘密的房间里藏着世界上一件最伟大的宝物：《真理之书》。任何人都可以读这本书，但是只能读几个片断。在许多人的眼中，这本书上的字母似乎都在颤抖，人们没有办法把它们拼成完整的字句。有些书页上的字迹很浅，很模糊，看起来好像是什么都没有的空页。一个人越有智慧，他就能越读得懂，因此有大智的人能读懂的就越多。这因如此，聪明人知道怎样把太阳光和星光跟智慧之光和灵魂的潜在力结合起来。而这种混合的潜力发出强烈的光，照在书页上所写的东西，使他非常容易看清楚。不过有一章叫作《死后的生活》，却看不清楚里面的一个字，为此他感到非常难过。难道在这世界上他找不到一线光明，能够使他看清楚《真理之书》上所写的一切东西吗？

如聪明的国王所罗门一样，懂得动物的语言，而他也可以。他听得懂它们所唱的歌和讲的话，但是这并没使他变得更聪明。他发现了植物和金属能够治疗疾病和延迟死亡的力量，但是他却找不到阻止死亡的办法，他希望他能在他所接触到的所有事物之中，寻求到一种可以永葆生命的启示，但是却寻求不到。虽然《真理之书》摆在他面前，但是书页却是空白的一张纸。基督教在《圣经》里给了他一个关于永恒生命的诺言。虽然他希望在自己的书中读到它，但是在这本书中他是永远读不到的。

他有五个孩子，其中四个是男孩子，这个最聪明的父亲给予了他们他所能提供的教育。而最小的一个是女孩子，她虽然既漂亮温柔，又聪明伶俐，但她却是一个瞎子。即使是这样这也不能算是一个缺点，因为爸爸和哥哥们都是她的眼睛，而她的敏锐的感觉也能让她看得见东西。

儿子们离开宫殿大厅的时候，范围从来不超出从树干伸出的树枝的那个地方。当然妹妹更不会走远。他们生活在儿时的家里和国度里，生活在美丽、芬芳的太阳树里，他们是非常幸福的，跟所有的孩子一样，他们也非常喜欢听故事。而他们聪明的爸爸总是会给他们讲许多别的孩子听不懂的故事。所以这些孩子的聪明程度，简直可以和我们中间的许多老年人相媲美。这位爸爸把他们在宫殿墙上所看到的一些活动图画——那是人所做的事情和世界各国所发生的事情——解释给他们听——这使得儿子们也希望能够到外面去参加别人所做的一些伟大的事情。但是爸爸告诉他们，外边的世界充满了艰辛和痛苦，跟他们这个美丽的儿时国度是完全不同的。

他告诉他们是美、真和善这三件东西把世界维系在了一起。它们在它们所承受的压力下，凝结成一块宝石。这块宝石比金刚钻还要耀眼夺目。它的光泽，即使是在上帝的眼中也是非常有价值的，它比任何东西都光亮。这个宝石叫作"聪明人的宝石"。父亲告诉孩子说，一个人可以通过创造出来的事物认识上帝；同样，一个人也可通过人类知道"聪明人的宝石"的确存在。因为他只知道这一点，所以他只能告诉他们这一点。别的孩子是很难理解他的说法，但是这些孩子却能够理解。事实上，别的孩子以后也可以慢慢理解了。

孩子们问爸爸，什么叫作真、善、美。他一一解释给他们听。他解释了很长时间，然后又给他们讲，上帝用泥土造成人，并且在这个创造物身上吻了五次——这是火热的吻，用心的吻，这是我们上帝温柔的吻。而我们现在把这叫作五种感官。通过这些感官，我们可以感觉和理解真、善、美，可以判断它们存在的价值，并保有它们和促使它们向前发展。我们从内心到外在，从脚跟到头顶，从身体到灵魂，都具有这五种感官。

孩子们日夜都在想这些事情，并想了很久。于是最大的哥哥做了一个美丽的梦。奇怪的是，第二个兄弟也做了同样的梦，接着第三个、第四个也做了同样的梦。每个人恰恰梦见同样的东西。他们每个人都梦见走向广大的世界，找到了"聪明人的宝石"。梦中有一天大清早，他们每个人骑着一匹快马穿过家里绿茸茸的草地，走进父亲的城堡里去，宝石就在每个人的额头上射出强烈的光芒。当这宝石的吉祥的光照射到书页上的时候，那些书上所描写的关于死后的生活就全都显现出来了。但是他们的妹妹却没有做这样的梦，事实上，连想都没有想到。爸爸的家就是她的世界。

"我要骑着马到广大的世界去！"大哥说。"我要去体验实际的生活，我要生活在人群中。我要遵从善和真，并用善和真来保护美。只要我去的话，很多东西就会改观！"

啊，他的思想是多么勇敢和伟大呀。我们在家中一个温暖的角落里躲着的时候，在我们没去外面遇见荆棘和风雨以前，我们都是这个样子。

在他和他的几个弟弟身上，这五种感官里里外外都获得了高度的发展。不过他们每个人都拥有自己一种特殊的感官，而这种特殊感官的敏锐和发展的程度都超过了其余的四个人。在大哥身上，这是视觉。它有特别的好处。大哥说，他能看见所有时代，一切国家；他能直接看见地下的宝藏，看穿人的心，就像这些东西外面只是被一层玻璃罩着一般透明。这也就是说，他能看见的东西，不只是脸上所呈现出的红晕或者惨白，也不只是眼睛里淌出的泪滴的或者微笑的光芒。他由雄鹿和羚羊陪伴着向西走，一直走到边境；然后野天鹅到这儿来迎接他，然后向西北飞去。他跟着它们一直走到了世界辽远的角落，远离他的父亲的国土——那是"一直伸向东、达到世界尽头"的国土。

他把眼睛睁得大大的！因为他要看的东西真是太多了。现在他亲眼看见的地方和东西，跟他在图画中看到的大相径庭；图画里的东西总是美好的，而他在父亲的宫殿里看到的比这更要好。一开始，他的眼睛因为看到这些东西惊奇得都要失去辨别的能力了，而这美是用许多廉价的东西和狂欢节的一些装饰品显现出来的。庆幸的是他还没有完全受到迷惑，他的眼睛还没有失去作用。

他要彻彻底底地、诚实地下工夫来认识美、真和善。但是他搞不懂这几样东西在这个世界上是怎么表示出来的呢？他发现，丑常常夺走了应该属于花束的美；没人理会善；人们常拍手称赞那些应该被嘘下台的劣质的东西。人们只是看到名义，而看不到实质；只是注意衣服，而不重视穿衣服的人；只是看到职位，而看不到才能。到处都是这种现象。

"是的，我要认真地诚恳地来纠正这种怪象！"他想。然后他就开始行动了。

但是当他正在追求真的时候，魔鬼来了。它是欺骗的祖先，事实上它本身就是欺骗。其实它很想直接把这位观察家的一双眼睛挖下来，但是它还是觉得这样做太粗暴了。魔鬼的手段应该是很细致的。它并没阻拦他去寻求真、观察美和善，只是当他正在观察的时候，魔鬼就把尘埃吹进他的眼睛里——而且是两只眼睛里。魔鬼一粒接着一粒地吹，直到他的眼睛完全看不见东西为止——这样哪怕是最好的眼睛也看不见了。魔鬼一直把尘埃吹成一道光，然后这位观察家的眼睛也就看不见了。这样，他在这个茫茫的大世界里他不仅变成了一个瞎子，而且也失去了信心。他对世界和对自己都没有好感，而当一个人这样的时候，他所有的一切也就都完了。

"完了！"横渡大海、飞向东方的野天鹅说。"完了！"飞向东方的太阳树的燕子说。对于家里的人来说，这个消息糟糕透了。

"我想'观察家'的运气大概不太好，"第二个兄弟说。"但是'倾听者'的运气可能要好些！"

而他正是一位听觉非常敏锐的倾听者，就连草生长的声音他都能听到。

于是他满怀信心地向家人告别，带着最好的听觉和满腔的善意骑着马出发了。燕子跟着他，他跟着天鹅。他离家越来越远，走到茫茫的世界中去。

太好了就吃不消——他现在对这句话深有体会了。因为他的听觉太敏锐，所以他不仅能听到草生长的声音，还能听到每个人的心在悲伤或快乐时的搏动。他觉得这个世界就像一个钟表匠的大工作室，里面所有的钟表都在"滴答、滴答"地响着，所有屋顶上的钟都敲出："叮当！叮当！"的声音啊，这真叫人受不了！虽然这样他还是尽量地让他的耳朵听下去。但是，这些声音吵闹得实在太厉害，弄得人怎么也支持不下去了。这时一群六十岁的野孩子——当然这不是以年龄来判断——来到了。他们疯狂地乱喊乱叫了一阵子，使人不禁要发笑。而这时"谣言"就产生了。它流窜在屋子、大街和小巷里，一直跑到公路上去。"虚伪"高声叫喊着，想当首领。只是愚人帽上而那自称是教堂的钟声的响声的铃铛响起了而已。这弄得"倾听者"太吃不消了。他虽然马上用指头塞住两个耳朵，但是仍然阻挡不住虚伪的歌声、邪恶的喧闹声，以及谣言和诽谤。不值半文钱的废话从嘴里喷出来，不停地吵嚷着。到处都是哀号、鸣叫和喧闹。请上帝大发慈悲！他用手指把耳朵塞得更紧，更深，甚至把耳膜都顶破了。

他现在什么也听不见了。即使美、真和善的声音也听不见了，因为听觉是连接他思想的一座桥梁，所以他现在变得沉默起来，怀疑起来。他不相信一切，甚至连自己也不相信了——这真是一件悲哀的事情。他再也不想去找那块宝贵的宝石，并把它带到家里。他彻底地放弃了这个念头，也放弃了自己——这是最糟糕的事情。这个不幸的消息被飞向东方的鸟儿，送到太阳树里的父亲的城堡里去。因为那时没有邮政，所以也没有回信。

"现在我要试一试！"第三个兄弟说。"我的鼻子很敏锐！"

虽然话说得不太优雅，但是他还是这样说了，你不得不承认他是这样一个人物。他总是保持着愉悦的心情。他是一个诗人，一个真正的诗人。有许多事情他虽然说不出来，但是可以唱得出来。他总是比别人能早感觉得到许多东西。

"我可以嗅得出别人心中所有的怀疑！"他说。他有高度发达的嗅觉，这扩大了他对于美的认识。

"有的人喜欢苹果的香味，有的人喜欢马厩的气味！"他说。"每一种气味在美的领域里都有它的群众。有的人喜欢酒店的那种气味，那是混合了冒烟的蜡烛、酒和廉价烟草的气味。有的人喜欢强烈的素馨花香，或者满身喷满浓郁的丁香花油。有的人喜欢吹清新的海风，而有的人喜欢登上最高的山峰，俯视下面那些芸芸众生。"

他说这话的时候，好像他曾经到过这茫茫的大世界一样，也好像他曾经跟人有过来往，并且与他们相熟。事实上这只是从他的内心产生的，因为他是一个诗人——这是当他在摇篮里的时候，我们的上帝赐给他的一件礼物。

他告别了藏在太阳树里的父亲的城堡。他步行出故乡美丽的风景，当他走出了边境以后，就骑上了一只鸵鸟，因为鸵鸟比马快得多。后来他又看到了一群野天鹅，于是就爬到一只最强壮的野天鹅的背上。他喜欢尝试新鲜的东西。他飞过大海，走向一个陌生的国家，那里有大片的树林、深湖、雄伟的山和美丽的城市。他无论向什么地方走，总是似乎觉得太阳在田野上跟着他。每一朵花，每一个灌木丛，都知道他是一位会爱护它们并了解它们的朋友和保护者，他就在它们附近于是它们都发出一种强烈的香气。即使是一丛凋零的玫瑰花也竖起它的枝子，舒展开叶儿，开出最美丽的花来。它是如此的美，以至于每个人都看见了，甚至树林里潮湿的黑蜗牛也注意到它的美。

"我要在这朵美丽的玫瑰花上留下一点儿纪念！"蜗牛说。"因为我没有其他的东西，所以我要吐口唾沫在它上面！"

"世界上美好的东西的命运就是这样！"诗人说。

于是他唱了一首关于玫瑰花的歌，他用自己独特的一种调子唱的，可是没有一个人听。因此他把两个银毫和一根孔雀毛送给一位鼓手，叫他把这支歌编成曲子，用鼓声在这城市的大街小巷中把它传播出去。于是大家都听到了并听懂了——它的内容很深奥！诗人唱着关于美、真和善的歌。人们在充满了蜡烛烟味的酒店中，在广阔的草原上，在树林里，在广阔的海上听着他的歌。这样看上去，这位兄弟的运气要比其他的两位好得多。

但是魔鬼却不高兴。它搜集来皇家的香烟、教堂的香烟以及他所能找到的其他香烟，甚至所有他自己所能制造的香烟，用它们迷惑人，因为这些烟的气味都非常浓烈，所以迷住了所有的人，包括天使在内，更不用说一个可怜的诗人了。魔鬼当然知道怎样对付这种人的。它用香烟把这个诗人层层包住，把他弄得晕头转向，结果他不仅忘掉了他的任务和他的家，最后他连自己也忘掉了，他消失在了烟雾中。

当所有的小鸟听到这个消息的时候，因为感到非常伤心，所以它们三天没有唱歌。而树林里的黑蜗牛变得更黑了——但这并不是因为它伤心，而是因为它嫉妒。

"香烟应该是为我而焚的，"它说，"因为他的这首流行的，被叫作'世事'的击鼓歌是我教给他写的。我可以提出证据，瞧，玫瑰花上的黏液就是我吐上去的！"

不过这个消息没有传到诗人的家里。因为所有的鸟儿三天没有唱歌。当哀悼期结束以后，它们都感到非常难过，它们甚至忘记了自己是为谁而哭。事情就是这样！

"现在我也要到外面的世界去，就像我的兄长一样远行！"第四个兄弟说。

他跟第三个兄长一样，心情非常好，不过他可不是诗人。但他的心情就是这样好。他们两个使整个宫殿充满了欢乐，但是现在连这最后的快乐也要失去了。人们一直认为最重要的两种感官是视觉和听觉，所以谁都希望这两种感官变得敏锐。而人们觉得其他三种感官不是太重要的。但是这第四个兄弟却不这么认为。他尽力在各方面培养他的味觉，所以这使得他的味觉非常强烈，范围也广。它控制着所有放进嘴里和深入心里的东西。因此罐子里和锅里，瓶子里和桶里的东西，他都要尝一下。他说，这是他的工作的庸俗的一面。在他看来，每个人都是一个炒菜的锅，而每个国家是一个庞大的厨房。当然这只是从精神方面而言——这是一件细致的事情；到底有多细致，他现在就要研究一下。

"比起我的几个哥哥可能我的运气要好些！"他说。"我要出发了。但是我借助什么工具去旅行呢？人们发明气球了吗？"他问他的父亲。他的父亲知道已经发明了和快要发明的一切东西，不过气球还没发明出来，当然汽船和铁路也没有发明出来。

"虽然没有发明出来，我还是可以乘气球的！"他说。"因为我的父亲知道怎样制造和驾驶它，我只要学习制造和使用它。因为现在还没有人把它发明出来，所以大家会认为它是一个空中楼阁。那我用过气球以后，就把它烧掉。所以你必须给我一些下次发明的零件——也就是所谓化学火柴！"

所有他需要的东西他都得到了，于是他就飞走了。鸟儿陪着他飞了一程——比陪着其他几个兄弟飞得远。因为它们很想看看，这次飞行会有一个怎样的结果。因为好奇，所以鸟儿越来越多，它们把飞行的气球当成了一只新的什么鸟儿。是的，现在他的朋友真是多！天空都被这些鸟儿遮黑了。它们像一块大乌云似的飞来，又像是飞在埃及国土上的蝗虫。他就是这样向广大的世界飞去的。

"东风是帮助我的人，是我的好朋友。"他说。

"你说的是东风和西风吗？"风儿问。"是我们两个人协力合作，你才会飞到西北方来的！"

　　但是他却没有听到风儿说的话，所以说了也等于没说。现在鸟儿不再陪着他飞了。因为它们的数目一多起来，就有一些对于飞行感到厌烦起来。它们觉得这简直是小题大做！他的脑子里装的完全是一堆幻想，"跟他一起飞一点意义都没有，完全是浪费！完全是瞎胡闹！"所以它们就全体飞回去了。

　　气球降落在一个最大的城市上空。驾驶气球的人停在城市最高的点上——教堂的尖塔顶上。然而不应该发生的事情发生了。它究竟要飞去哪里呢，谁也不知道；不过这也没什么大不了的，因为它还没有被人发明出来。

　　他坐在教堂的尖塔顶上。因为鸟儿们对他感到厌烦，所以他身边再没有什么鸟儿在飞，而他也是厌烦它们了。

　　城里所有的烟囱都冒出烟来，并喷出气味。

　　"这些祭坛都是为你而建立起来的！"风儿说。它想对他说点愉快的事情。

　　他坐在尖塔顶上面，俯视着街上的人群一副目空一切的样子。有一个人走过去，他对自己的钱包感到骄傲；而另一个对于悬在自己腰上的钥匙感到扬扬得意，虽然这铜匙并没有锁着什么宝贵的东西。还有一个人对自己的上衣感到骄傲，虽然它被虫蛀了另外还有一个人觉得他那个无用的身躯很了不起。

　　"这些人真是虚荣！啊！我必须赶快爬下去，把手指伸进罐子里，尝尝那是什么味道！"他说。"不过我还是在这儿多坐一会儿，风吹在我的背上真舒服——这可是一桩大好事。风吹多久，我就坐多久。我要在这里好好休息一会儿。懒人说，如果一个人的事情多的话，就应该在早晨多睡一会儿。虽然说懒是万恶之本，可我们家里并没有什么恶事。我敢于这样说，所有的人也这样说。风吹多久，我就要坐多久，因为这味道我喜欢。"

于是他就坐下来，坐在风信鸡上，因为风信鸡是随着他转的，所以他以为风向一直没有变。他坐在那里欣赏风吹的滋味，而且可以一直坐下去。

在印度，太阳树里的宫殿变得空洞洞的，很寂寞，因为那儿的四个兄弟就这样一个接着一个地离去了。

"他们的遭遇太悲伤了！"父亲说。"他们永远拿不回那颗亮晶晶的宝石。它不是我能够拥有的。他们都走了，死去了！"

他又低下头来读着《真理之书》。虽然书页上写着关于死后生活的问题。但是他什么也看不见，因此他什么也不知道。

现在他唯一的安慰和快乐是他的盲目的女儿。她对父亲怀着真诚的感情。为了父亲的快乐和幸福，她希望她的哥哥能找到那颗宝石，把它带回家来。她悲伤地、渴望地思念着她的几个哥哥，他们在哪里呢？他们住在哪里呢？她渴望能够在梦中见到他们，可是奇怪的是，她在梦中从来没见到他们。但是最后她终于做了一个梦，听到了几个哥哥在外面广大的世界上呼唤她的声音。于是她不得不走出去，好像走得很远，但是又似乎仍然在父亲的屋子里。她没有遇见几个哥哥，但是她觉得手上有火在烧，手却不痛，原来在她的手上就是那颗亮晶晶的宝石。于是她把它送给她的父亲。

在她醒来以后，恍惚中有一会儿还觉得手中捏着那颗宝石。事实上，她捏着的是纺车的把手。她经常在漫长的夜里纺纱。她在纺锤上纺出的一根线比蜘蛛吐的丝还要细。用肉眼是看不到的。因为她的眼泪把它打湿了，所以它比锚索还要结实。她从床上爬起来，下定了一个决心，那就是要把这个梦变成真的。

这时正是黑夜，她的父亲还在睡觉。她吻了他的手。然后拿起纺锤，把那根肉眼都看不见的线的一端连在父亲的屋子上。是的，如果不这样做，她这样一个瞎子将永远找不到家的。她必须紧紧地捏着这根线，而且必须依靠它，因为自己和别人都是靠不住的。她摘下四片太阳树上的叶子，作为她的信和问候委托风和雨把它们带给她的四个哥哥，因为她怕在这广阔的大世界上遇不见他们。

这个可怜的小女孩啊，她在外面将遭遇什么呢？不过她有那根儿看不见的线可以作为依靠。而且她有哥哥们全都缺少的一种官能——敏感性。因为这种敏感性，她的手指就好像是她的眼睛，而她的心就好像是她的耳朵。

她安安静静地走进这个熙熙攘攘的、千奇百怪的世界。凡是她走过的地方，天空就变得非常明朗。她可以感觉到太阳温暖的光，彩虹从乌黑的云层穿过，悬挂在蔚蓝色的天空上。她听见鸟儿婉转的歌声，闻到橙子和苹果园的香气。这种浓郁的香几乎使她觉得自己已经尝到了果子的味道。她听到了温柔的音调和美妙的歌声，但是她也听到哀号和尖叫。思想和判断暴发了不和谐的冲突，人的思想和情感在她心的最深处发出回响。这形成一个合唱：

　　人间的生活不过是一阵烟云——
　　一片令我们哭泣的黑夜！

接着另外一支歌又响起来了：

　　人间的生活是美丽的玫瑰花丛，
　　洒满了阳光，充满了欢乐。

但是一个不愉快的调子接着唱出来了：

每个人只是为自己打算，
我们看到了这个真理。

然后来了一个回答：

爱的河流永不停息地流，
在我们人间的生活中流！

她又听到了这样的歌声：

世上的一切都是渺小的，
无论什么东西，有利必有弊。

一会儿她又听到：

世上伟大和善良的东西有很多，
只是一般的人很难知道！

然后从各处飘来一阵合唱：

笑吧，把所有的一切当作一个玩笑！
笑吧，跟犬吠声一起发笑！

但是在这个盲女子的心中却有另外一首歌：

依靠你自己，依靠上帝，

　　　　上帝的意志总会实现，阿门！

　　在无论是男人还是女人、老年人还是少年人的心里，只要她一到
来，真、美、善就闪耀起灿烂的光芒。无论她走到哪里——艺术家的
工作室也好，金碧辉煌的大厅也好，还是机声隆隆的工厂也好——哪
里就似乎就洒满了太阳光，音乐响起来，花散发出香气来，枯叶子也
似乎得到了新鲜的露水。

　　可是恶魔却讨厌这一切。它总有办法达到它的目的，因为它非常
的狡猾。它去沼泽地收集了一大堆死水的泡沫，并在这些泡沫上注入
七倍以上的谎言的回音，以使这些谎言更有威力。然后它又收集了许
多用钱买来的颂词和骗人的墓志铭，并把它们捣碎，放进"嫉妒"哭
出来的眼泪中煮开，然后再加上从一位小姐的干枯的脸上弄来的胭
脂。它用这些肮脏的东西塑成一个姑娘。她在体态和动作跟那个虔诚
的盲女子一模一样——人们把她叫作"温柔的、真诚的天使"。魔鬼
的计谋就这样成功实施了。所有的人都不知道，她俩到底哪一个是真
的。是的，世上怎么可能知道呢？

　　　　依靠你自己，依靠上帝，
　　　　上帝的意志总会实现，阿门！

　　盲女满怀信心地唱着这支歌。她委托风雨把她从太阳树上摘下的
那四片叶子，作为信和问候带给她的哥哥们。她相信，他们一定会收
到这些信，而那颗宝石也一定能找到。这颗宝石的光辉将会比世上一
切的光辉都要耀眼；它将从人的额上一直射到她的父亲的宫殿里去。

　　"一直射到父亲的屋子里去，"她重复着说。"是的，在这个世界
上一定存在这颗宝石；这一点我坚信，而我带回家去的将不只是这个

保证。我觉得它就在我紧握的手里发光，膨胀！不管真理多么微小，哪怕一毫一厘，只要锐利的风能把它吹向我，我一定要把它捡起，并好好保藏起来。我要让所有美好东西的香气渗透进真理里——而世界上美的东西，即使对于一个盲女子来说，也是多得数不清。我还要在真理里加入善良的心的搏动声。我现在得到的虽然只是一颗尘埃，但它却是我们正在寻找的那块宝石的尘埃。我有很多这样的尘埃——我手里满把都是这样的尘埃。"

于是她把手伸向她的父亲。她就立刻就回到了家里来。她是乘着思想的翅膀回到家里来的。当然她一直没有扔掉连接着她和家的那根儿看不见的线。

恶魔的威力像暴风雨一样迅猛地向太阳树袭来，像狂风似的闯进敞开着的大门，一直闯进藏着《真理之书》的秘室。

"暴风会把它吹走！"父亲惊叫着，同时紧握着她伸着的手。

"这是绝对不可能的！"她满怀信心地说。"吹不走的！我在我的灵魂中已经感觉到了那温暖的光线！"

这时父亲看到了一道强烈的光。那是从她手中那些尘埃里射出来的。它射到《真理之书》的那些空白页上——父亲曾经想那上面应该写着这样的话：一定存在永恒的生命。但是在这耀眼的光中，他看到书页上只有两个字：信心。

她的四个哥哥也回到家里来了。当他们胸口上落下那四片绿叶子的时候，他们就渴望回家，正是这种心情把他们引回家来了。不光他们回来了，连候鸟、雄鹰、羚羊和树林中的一切动物也跟着他们一起来了，因为它们也想跟他们一起分享快乐。如果是这样，为什么不来分享呢？

当一丝太阳光从门上的缝隙里射进一间悬浮着灰尘的房间里的时候，我们就会看到一根旋转的、发亮的光柱。这可不是一股平凡、微小的灰尘，因为跟它的美比起来，就连天空的彩虹似乎都缺少了生气。同样，从这书页上，从"信心"这两个光辉的字上，每一颗真理的微粒，带着真的光芒和善的音调，射出强烈的光，那甚至比黑夜照着摩西带领以色列人走向迦南的火炬的光还要强烈。希望之桥——这座把我们引向无限博爱的桥——就是从"信心"这两个字开始的。

守塔人奥列

"这个世界上的事情要么上升，要么下降，要么下降，要么上升！而现在的我是不能再进一步向上爬了。世界上大多数的人都有上升和下降，下降和上升这一套经验。说到底，我们最后都要成为守塔人，站在一个高高的地方来观察生活和一切事情。"

说出这番话的人是我的朋友——老守塔人奥列。他是一位有趣人物，总是喜欢瞎聊。虽然他好像什么话都讲的出，但在他内心深处，却庄严地藏着许多东西。事实上，他的家庭出身很好，还有人说他是一个枢密顾问官的少爷呢——当然这也是有可能的。他曾经念过书，当过塾师的助理和牧师的副秘书；有这样的经历有什么用呢？在他给牧师做副秘书的时候，屋子里的所有东西他都可以随便使用。因为他那时正是一个翩翩少年，所以他要用真正的皮鞋油来擦他的靴子，可是牧师只允许用普通油。他们为此起了争执。奥列说牧师吝啬，牧师说奥列虚荣。鞋油导致了他们就此分手了。

但是就像他对牧师所要求的东西一样，同样在别的地方也要求：他要求用真正的皮鞋油，可是他所得到的却还是普通的油脂。就因为这样，他离开所有的人成为了一个隐士。不过在一个大城市里，唯一能够隐居而又不至于挨饿的地方也只有教堂塔了。因此他就钻进塔里去，一边孤独地散步，一边抽着烟斗。他一会儿往上看看，一会儿又向下瞧，然后发些感想，讲一些自己看到过和没看到过的事情，还有一些在书上看见的和在自己心里想到的事情。

我常常找本借给他读：想要知道他是怎样一个人，可以从他所交往的朋友看出来。奥列说他不喜欢英国这种小说——那是写给保姆那类人读的，他也不喜欢法国小说，说这类东西是阴风和玫瑰花梗的混合物。但是，他却喜欢传记和关于大自然奇观的书籍。我每年至少要拜访和看望他一次——时间一般是在新年以后的几天内。他总是东拉西扯一些在新旧年关交替时所想到的东西。

下面我要谈一谈两次拜访他的情形，而我也尽量使用他自己说的话。

第一次拜访

在我最近借给奥列的书中，有一本是关于圆石子的书。他对这本书特别有兴趣，这也让他埋头读了好一阵子。

"这些圆石子呀，是古代的一些遗迹！"他说。"人们虽然经常在它们旁边经过，但一点儿也不会注意它们！就像我在田野和海滩上走过时一样，虽然它们在那里的数目是如此的多。人们走过街上的铺石——这是远古时代的最老的遗迹！也是不会想起它们的。我也做过这样的事情。但是读了那本书后，我对每一块铺石充满了极大的敬意！非常感谢你借给我的这本书！它吸引了我的注意力，而且赶走了我的一些旧思想和坏习惯，它使我更迫切地希望读到更多这类的书。

"最使人向往的传奇是关于地球的传奇！那是令人敬畏的，因为它是用一种我们所不懂的语言写的，所以，我们读不到它的头一卷。我们得从各个地层上，从圆石子上，从地球所经历的每个时期里去了解它。到了传奇的第六卷的时候，活生生的人——亚当先生和夏娃太太——才出现。这对于许多读者说来，他们的出现可能晚一点儿，这些读者是希望立刻就能读到关于他们的事情的。不过我和他们的想法不同，迟不迟完全没有什么关系。这的确是一部传奇，一部非常有趣的传奇，我们大家都生活在里面。虽然我们东跑西走，但是仍然待在原来的地方；地球虽然在不停地旋转，却并没有把大洋的水弄洒，而淋在我们的头上。也没有让我们踩着的地壳开裂，以至于让我们坠到地中心去。这个传奇不停地朝前发展，一口气存在了几百万年。

"非常感谢你借给我的这本关于圆石子的书。它们真是我的好朋友！如果它们会讲话的话，能讲给你听的东西会更多呢。如果一个人能够偶尔放低姿态，那也是很有意义的事儿，特别是跟我一样处于很高地位的人。想想看吧，即使我们拥有最好的皮鞋油，我们也不过是地球——这个硕大蚁山上的寿命极短促的虫蚁，即使我们戴有勋章，拥有职位又怎样呢？不过是只虫蚁而已！在这些已有几百万岁的老圆石子面前，我们人类真是年轻得可笑。在新年除夕我读过一本书，而且读得非常入迷，我甚至忘记了平时我在这夜所做的那种消遣——看那'到亚玛迦去的疯狂旅行'！嗨！你绝对不会知道这是怎么一回事儿！

"人们都知道巫婆骑着扫帚旅行的故事——那是在'圣'汉斯之夜，卜洛克斯堡是目的地。当然我们也有过疯狂的旅行。那是此时此地的事情：新年夜去亚玛迦旅行。所有那些无足轻重的，毫无价值的一批人——男诗人、女诗人、拉琴的、写新闻的，还有艺术界的名流在新年夜乘风到亚玛迦去。他们有的骑在画笔上，有的骑在羽毛笔上，但是因为钢笔太硬了，所以扛不起他们。前面我已经说过了，我在每个新年夜都要看他们的疯狂旅行。我知道他们许多人的名字，不但是我，不乐意跟他们纠缠在一起，那是不值得的，而且他们也不愿意让人知道他们骑着羽毛笔去亚玛迦旅行。

"我的一个侄女是一个渔妇。她说她专门提供骂人的字眼给三个有影响力的报纸。她甚至还亲自到报馆去过——作为客人。因为她既没有羽毛笔，也不会骑，所以她是被抬去的。虽然这都是她亲口告诉我的，但我觉得她所讲的大概有一半是谎话，不过还有一半儿也足够了。

"当他们到了亚玛迦以后，大家就开始唱歌。每个人写下了自己的歌，每个人也都唱自己的歌，因为每个人都觉得自己的歌最好。其实它们都差不多，都是一个调调儿的。接下来的就是一批结成小组的话匣子。这时响起了各种各样的钟声，那是一群小小的鼓手，他们只在自己的小圈子里击鼓。但是另外有些人却利用这时机彼此交朋友：这些人写文章都不写上自己的名字，还有就是，他们用普通油脂来代替极好的皮鞋油。除了这些以外还有刽子手和他的小厮：这个小厮非常狡猾，以至于谁也注意不到他。那位非常友好的清道夫这时也来了：他虽然把垃圾箱弄翻了，嘴里却还连连说：'好，非常好，真正地好！'就在大家尽情狂欢的时候，那被弄翻的一大堆垃圾上忽然冒出一根儿梗子，一棵树，一朵硕大的花，一个巨大的菌菇，和一个完整的屋顶——它是这群贵宾们的滑棒，它挑起了他们在过去一年中对这世界所做的全部事情。一种像焰花似的火星从它上面射出来：这些火星是他们的一些思想和意见——那是他们发表过的、从别人那里抄袭得来的，而这些思想现在都变成了火花。

"现在一些人玩起'烧香'的游戏；而一些年轻的诗人则玩起了'焚心'的游戏。还有些幽默大师讲着一语双关的俏皮话——这只能算是最小的游戏了。不过他们的俏皮话引起了一片回响，就像空罐子撞在门上发出的声音，也像是门撞上了装满炭灰的罐子似的。'那是非常有趣的！'我的侄女说。不过她还说了很多非常不友善的话，但是我不想把这些恶意的话传达出来，因为一个人应该是善良宽容的，不能老是挑错。你是明白的，因为我知道那儿欢乐的情况，所以自然很喜欢在每个新年夜里看看这群疯狂的旅行者飞过。如果某一年有些什么人没有来的话，我一定会找到代替他们的新人物。不过今年我却用圆石子代替了去看那些客人。我在圆石子上面滑行，滑行近几百万年以前的时间里去。我看到这些石子在诺亚方舟没有制造出来以前就在北国自由活动了，它们早在冰块上自由漂流起来。我看到它们坠到海底，然后又从沙洲上冒出来。露出水面的沙洲说：'这是瑟兰岛！'这些圆石子先变成许多我不认识的鸟儿的住处，然后又变成住所里面住着一些野人酋长。后来这些我不认识的野人用斧子刻出几个龙尼文的人名来——这成了历史。但是这可跟我没什么关系，我简直等于一个零。

"有三四颗漂亮的流星划落下来了，它们散发出一道光，把我的思想引到另外一条路线上去。流星是什么样的东西，我想你大概知道吧？不过有些有学问的人可是不知道的！对于流星我有我自己的看法，我的看法是基于这点出发的：人们对于做过善事的人，总是在心里默默地说着感谢和祝福的话，这种发自内心的感谢常常是没有声音的，但是不能就因此说它毫无意义。我觉得太阳光会把这感谢吸收进去，然后再把它不声不响地照射到那个做善事的人身上。如果人们在历史发展的进程中发出这种感谢，那么这种感谢就会形成一个花束，或变成一颗流星落到这善人的坟上。

"当我看到流星划过的时候，尤其是在新年的晚上看到流星，我感到非常快乐。因为我知道有人会得到这个感谢的花束。最近我看到一颗明亮的流星落到西南方去，作为对许多许多人的感谢，它会落到谁身上呢？我想它肯定会落到佛伦斯堡湾的一个石崖上。丹麦的国旗就在那儿，在施勒比格列尔、拉索，和他们的伙伴们的坟上飘扬。另外有一颗流星会落到陆地上：落到荷尔堡坟上的一朵花——苏洛，它代表了许多人在这一年对他的感谢——感谢他所写的一些优美的剧本。

"我想没有什么比知道我们坟上有一颗流星落下来更愉快的思想了。我知道，我的坟上绝对不会落下流星的，当然也不会有太阳光带给我谢意，因为我没做什么值得人感谢的事情；而我也没有得到那真正的皮鞋油，"奥列说，"我只得到这个世界上普通的油脂——这也许是命中注定的。"

第二次拜访

又是新年，我爬到塔上去拜访奥列。他谈起那些值得为旧年逝去和新年到来的干杯的事情。由此我也从他那儿听到一个关于杯子的含有深意的故事。

"当新年夜里，钟敲了十二下的时候，大家都端着满满的酒杯从桌子旁站起来，为新年而干杯。他们手中擎着酒杯来迎接这一年。这对于那些喜欢喝酒的人来说，可是一个美好的开始！因为他们把上床睡觉作为新一年的开始；对于睡虫来说，这也是一个良好的开端！在一年的流逝中，睡觉当然是非常重要的事情，当然，酒杯也不例外。

"你知道酒杯里装的有什么吗？"他问。"瞧，里面有健康、快乐和狂欢！当然，也有悲愁和苦痛的不幸。在我数这些杯子的时候，我当然也在数不同的人所拥有的不同的东西在这些杯子里所占的重量。"

"你看，这第一个杯子是健康的杯子！它里面生长着的是健康的草。如果你把它放在大梁上的话，到一年结束的时候你就可以坐在健康的树荫下了。

"第二个杯子里飞出来一只小鸟。它唱着天真快乐的歌给大家听，并且叫大家跟它一起唱：生命是美丽的！不要老垂丧着头！让我们勇敢地向前进吧！

"第三个杯子里出现一个长着翅膀的小生物。他不能算是一个天使，因为他不仅有小鬼的血统，也有小鬼的性格。但是他并不会伤害人，只是喜欢开开玩笑罢了。他常常坐在我们的耳朵后面，低声地给我们讲一些滑稽的事情。他有时会钻进我们的心里去，把我们的心捂得温暖起来，使我们变得开心，让我的头脑变成别人羡慕的好头脑。

"第四个杯子里没有草，没有鸟，也没有小生物，那里面盛的只有理智的限度——每个人永远都不能超过这个限度。

"当你面对第五个杯子的时候，你就会哭一场。然后会有一种愉快的感情冲动，如果不是这种冲动那就会表现出别的冲动方式。当风流和放荡的'狂欢王子'砰的一声从杯子里冒出来后！他会把你拖走，而你也会忘记自己的尊严——当然，如果你有任何尊严的话。你会忘记比你应该和敢于忘记的事情要多得多。到处充满了跳舞、歌声和喧闹的景象。你被假面具拖走。那些魔鬼的女儿们穿着丝绸，披着头发，扭动着她们美丽的肢体，姗姗地走来。如果可能的话，避开她们吧！

"第六个杯子里坐着撒旦本人。他是一个衣冠楚楚、会讲话、迷人和令人愉快的人物。他完全理解你，同意你所说和所做的一切，他完全是另一个你！他提着一个灯笼走来，为的是方便地把你领到他的家里去。从前有一个关于圣者的故事，有人叫他从七大罪过中选择一种罪过：他选了他觉得罪过最小的一种——醉酒。可是这种小的罪过却导致了他犯了其他的六种罪过。第六个杯子里混合的正好是人和魔鬼的血，这时所有罪恶的细菌都就会在我们的身体里滋生起来。每一个罪恶的细菌像圣经里的芥末子一样疯狂地生长，长成一棵茂盛的大树，覆盖了整个世界。对于大部分的人也只有一个办法：重新走进熔炉，被再造一次。

"这就是关于杯子的故事！"守塔人奥列说。"讲述它可以用好的皮鞋油，也可以用普通油。而我用了这两种油。"

这就是我对奥列的第二次拜访。如果你想再听到更多关于奥列和奥列讲的故事，那么你的拜访还得——继续。

安妮·莉斯贝

　　安妮·莉斯贝非常可爱，她像牛奶和血，年轻而又快乐。她的牙齿跟珍珠一样白，她的眼睛闪闪发亮，她跳起舞来非常轻松，而她的性格也很轻松。这一切会结出什么样的果子呢？……"一个令人讨厌的孩子！……"是的，孩子真的很难看，因此他被送到一个挖沟工人的老婆家里去抚养。

　　安妮·莉斯贝本人住进了一位伯爵的公馆里。她穿的衣服是丝绸和天鹅绒做的，她坐在华贵的房间里，不能有一丝儿风吹到她身上，谁也不能对她说一句不客气的话，因为这样会使她难过，而她受不了难过。她抚养着伯爵的孩子。这孩子像一个王子一样俊秀，美丽得像一个天使。她是多么爱这孩子啊！

　　可是她自己的孩子呢，却是在那个挖沟工人的家里。在这家里，锅开的时候少，嘴开的时候多。而且，家里常常没有人。孩子常常哭起来，但是，因为没有人听到他哭，所以就没有人为他难过。他哭着哭着就慢慢地睡着了。在睡梦中，他不会觉得饿，也不会觉得渴。睡眠这个发明是多么好啊！

　　就这样许多年过去了。正如俗话说的，时间一长，野草也就长起来了。安妮·莉斯贝的孩子也长大了。虽然大家都说他发育不全，但是在他所寄住的这一家里的他现在已经完全成为其中的一员。因为安妮·莉斯贝给了这一家一笔抚养他的钱，她就算从此把他脱手了。她自己成了一个都市妇人，并且住得非常舒服；每当她出门的时候，还会戴一顶帽子呢。但是她却从来没去过那个挖沟工人家里，因为那离城太远。其实，她去了也没有什么事情可做，因为现在孩子是别人的；而且他们说，孩子现在自己可以找饭吃了。他也到了找个职业来糊口的时候了，所以他就为马兹·演生看一头红毛母牛。他已经可以放牛，做点有用的事情了。

在一个贵族公馆的洗衣池旁边的狗屋顶上坐着一只看家狗在晒太阳。不管谁走过去，它都要叫几声。如果天下雨，它就钻进它的屋子里去，在干燥和舒服的窝里睡觉。安妮·莉斯贝的孩子一边坐在沟沿上晒太阳，一边削着拴牛的木桩子。在春天他看见三棵草莓开花了；他非常高兴，因为他想到：这些花终将会结出果子，但是却没有结出来果子。风雨把他全身都给淋得透湿，最后狂虐的风又把他的衣服吹干了。当他回到家的时候，人们不管是男的还是女的不是推他，就是拉他，因为他长得特别的丑。谁也不爱他——但是他已经习惯于这些事情了！

安妮·莉斯贝的孩子会怎样活下去呢？是的，他怎么能活下去呢？他的命运是：谁也不爱他。

他被从陆地上推到船上去。他乘着一条破烂的船去航海。当船老板在喝酒的时候，他在掌舵。他既寒冷又饥饿。人们都认为他从来没有吃饱过。事实上也是如此。

现在正是晚秋的天气：寒冷，多风，多雨。寒冷的秋风甚至能吹进最厚的衣服——特别是在海上。这条破烂的船正航行在海上；船上只有两个人——其实也可以说只有一个半人：船老板和他的助手。天阴沉了一整天，而现在变得更黑了。天气刺骨的寒冷。船老板喝了一德兰的酒，用来温暖他的身体。酒瓶很旧，酒杯更是如此——它的上部虽然是完整的，但是下部已经碎了，所以它现在被搁在一块上了漆的蓝色木座子上。船老板说："一德兰的酒让我感到舒服，两德兰使我感到更快乐。"而孩子坐在舵旁，用他沾满了油污的双手紧紧地握着舵。他是那么丑，他的头发直挺，看上去一副衰老，发育不全的样子。他是一个劳动人家的孩子——虽然在教堂的出生登记簿上他是安妮·莉斯贝的儿子。

船乘风破浪！船帆鼓满了风，向前挺进。前后左右，上上下下，都是暴风雨；但是更糟糕的事情还在后面。什么？船裂开了？船碰到了什么？船在急转！难道这是水上龙吗？难道是海沸腾了吗？坐在舵旁的这个孩子大声地喊："上帝啊，救我吧！"船触到了海底的一块巨大的石礁，然后它就像池塘里的一只破鞋似的沉到水下面去了——就像俗话所说的，"连人带耗子都沉下去了"。是的，船上耗子到处都是，人却只有一个半：船主人和这个挖沟人的孩子。

这情景只有尖叫的海鸥看到了，看到的还有水下的一些鱼，但是它们没有看清楚，因为当海水灌进船里，船开始下沉的时候，它们已经吓得游开了。船沉到水底将近有一尺深，他们两个人就这样死去了。他们不仅死了，也被人们遗忘了！只有那个酒杯还没有沉，因为它被安在蓝色的木座子上，木座子把它托了起来。它顺水漂流，有随时被撞碎的危险，它可以漂到岸上去。但是漂到哪边的岸上去呢？在什么时候呢？其实，这并不重要了！因为它已经完成了它的任务，它已经被人爱过——但是安妮·莉斯贝的孩子却没有人爱过！但是在天国里，任何灵魂都不能说："没有人爱我！"

安妮·莉斯贝已经在城市里住了许多年。人们称她为"太太"。每当她谈起以前的记忆，谈起跟伯爵在一起的时候，她感到特别骄傲。那时她坐在马车里，可以跟伯爵夫人和男爵夫人交谈。她那位俊美的小伯爵是上帝最美丽的天使，是一个最可爱的亲人。他喜欢她，她也喜欢他。他们互相吻着，互相拥抱着。他是她的幸福，甚至是她的半个生命。现在他已经长大了，已经十四岁了，不但有学问，还有好看的外表，而且长得很高大。从她把他抱在怀里时起，她已经有很长时间没有看见过他了。她已经有好多年没有到伯爵的公馆里去了，因为到那儿去的旅程的确不简单。

"我一定要想办法去一趟！"安妮·莉斯贝说。"我要去看看亲爱的小伯爵，他是我的宝贝。而他也一定想看到我，他也一定很想念我，爱我。就像他从前用他天使的胳膊搂着我的脖子时一样，他总是喊：'安·莉斯！'那声音美妙极了，就像提琴的声音！我一定要设法再去看他一次。"

她坐上一辆牛车走了一阵子，下了车又步行了一阵子，最后她来到了伯爵的公馆。公馆跟以前一样，仍然是很庄严和华丽的；公馆外面的花园也跟以前一样。只是屋子里面的人却完全是陌生的。没有一个人认识安妮·莉斯贝。他们不知道她到这儿来为了什么重要的事。当然，伯爵夫人会告诉他们的，还有她亲爱的孩子也会告诉他们的。她是多么想念他们啊！

安妮·莉斯贝一直在等着。她等了多么长时间啊，时间似乎越等越长！在主人用饭之前把她喊进去了。主人很客气地跟她应酬了几句。只有等他们吃完了饭她才能见得到她的亲爱的孩子——到时候他们将会再一次把她喊进去。

他长得多么高大，却多么瘦啊！但是他的眼睛仍然美丽还有天使般的嘴！他望着她，却不说一句话。显然他不认识她。他想要掉转身走开，她却捧住他的手，把它贴到自己的嘴上。

"好了，这已经够了！"他说。接着他就离开了房间——他：是她心中一直的牵挂；他：是她的最爱；他：是她在人世间的骄傲。

安妮·莉斯贝走出了这个公馆，走到宽阔的大路上。她伤心极了。

他对她是那么冷淡。他一点儿也不想她，连一句感谢的话也不对她说。曾经有段时间，她日夜都抱着他——她做梦还抱着他。

一只大黑乌鸦不停地发出尖厉的叫声，飞下来，落在她面前的路上。

"啊！"她说，"一只多么不吉利的鸟儿啊！"

她走过那个挖沟工人的茅屋。茅屋的女主人正站在门口，她们彼此交谈起来。

"你看起来真是有福气！"挖沟工人的老婆说。"你长得又肥又胖，是一副发财的样子！"

"还可以！"安妮·莉斯贝说。

"他们的船沉了！"挖沟工人的老婆说。"船老板和舵手都被淹死了，一切都完了。一开始我还以为这孩子将来会赚几块钱，能补贴我的家用。安妮·莉斯贝，他再也不会让你费钱了。"

"他们淹死了？"安妮·莉斯贝问。但是她们没有再继续谈论这个问题。

安妮·莉斯贝感到非常伤心，因为她的小伯爵不喜欢和她讲话。她曾经是多么的爱他呀，虽然这段旅程也费钱，但她还是特别走这么远的路来看他，但是这一切却并不使她快乐。她知道即使把这事讲给挖沟工人的老婆听也不会使她的心情好转，所以关于这事她一个字也不提。如果说了也只会引起后者猜疑她在伯爵家里不受欢迎。这时那只黑乌鸦又在她头上尖叫了几声。

"这个不吉利的家伙，"安妮·莉斯贝说，"它可真让我害怕！"

她虽然仅仅带来了一点咖啡豆和菊苣。但她觉得这对于挖沟工人的老婆说来已经是一件施舍，这样能让她煮一杯咖啡喝，当然她自己也可以喝一杯。当挖沟工人的老妻子煮咖啡去的时候，安妮·莉斯贝就坐在椅子上睡着了。她做了一个她从来没有做过的梦。奇怪的是，她梦见了她自己的孩子：小孩在这个工人的茅屋里饿得哭叫，但是没有人管他；而现在他则躺在海底——只有上帝知道他在哪里。她梦见她坐在这茅屋里，挖沟工人的老婆在煮咖啡，她都闻到咖啡豆的香味，这时一个可爱的人形出现在门口——这人形跟那位小伯爵一样俊美，这个人形说：

"世界就要灭亡了！快跟着我走吧，因为你是我的妈妈呀！你有一个天使在天国里呀！快跟着我走吧。"

当他伸出手来拉她的时候，响起了一个可怕的爆裂声。无疑地这是世界在爆裂，这时天使升上来、紧紧地抓住她的衬衫袖子；她觉得自己好像被从地上托了起来。但是她的脚上似乎拴着一件沉重的东西，把她向下拉，好像有几百个女人在紧抓住她，说：

"如果你要得救，我们也这样！抓紧！抓紧！"

有那么多的女人，她们都一起抓着她。"嘶！嘶！"她的衬衫袖子被撕碎了，安妮·莉斯贝在惊恐中跌落下来了，同时也吓醒了。是的，她几乎连同坐着的那张椅子一起倒下来，她几乎要吓得昏过去了，甚至连自己做了什么梦都记不清楚了。但是她知道那是一个恶梦。

然后，她们一起喝咖啡，又聊了些闲天。最后她就走到附近的一个镇上去，她要到那儿去找到那个赶车的人，以便在天黑以前就能够回到家里去。但是那个赶车人却告诉他，他们要等到第二天天黑以前才能出发。她不得不开始考虑住下来的费用，同时也把旅程考虑了一下。她想，如果沿着海岸走回家，要比坐车子少走八九里路。而天气正晴朗，月亮又圆又亮。所以安妮·莉斯贝决定走回去，这样第二天她就可以回到家里了。

太阳已经下山了，暮钟仍然在"叮当"地敲着。事实上，这并不是钟声，而是贝得尔·奥克斯的青蛙在沼泽地里的叫声。当它们安静下来，四周便陷入一片沉寂，连一声鸟叫都没有，这是因为它们都睡着了，甚至连猫头鹰都不见了。无论是树林里，还是她正走着的海岸上静悄悄的。她只听到自己"沙沙"的脚步声——那是踩在沙上发出的声音，海边也没有浪花拍打的响声；遥远的深水里也是静默极了。水底无论是有生命的还是没有生命的东西，都是默默地不发出一点儿声响。

安妮·莉斯贝只是向前走，什么也不想。但是思想一直跟随着她，思想是永远不会离开我们的。它只不过是在睡觉休息罢了。那些活跃的、但现在正在休息着的思想，和那些还没有被掀动起来的思想，都是这个样子。不过思想有时会露出头，有时只在心里活动，而有时会在我们的脑袋里活动，又或者从上面向我们袭来。

书上写着"善有善报。"但也写着"罪过里藏着死机！"书上写着的东西太多了，讲过的东西也很多，但是人们却不知道，当然也想不起来。安妮·莉斯贝就是这个样子。但是有时人们心里会射进一丝光明——这当然是可能的！

一切罪恶和一切美德都藏在我们的心里——包括你的心，当然也有我的心！它们的主像看不见的小种子似的藏着。一丝阳光从外面射进来，一只罪恶的手触碰一下，在街角你向左拐或向右拐——是的，这都可以决定问题了。于是这颗小小的种子就开始活跃起来，它逐渐长大，然后冒出新芽。当它的汁液流到你的血管里去的时候，你的行动就开始受到影响。当一个人迷迷糊糊地走着路的时候，是感觉不到这种使人苦恼的思想的，但是这种思想却在心里酝酿。安妮·莉斯贝就是这样半醒半睡似的走着路，而她的思想正要开始活动。

从头年的圣烛节到第二年的圣烛节，心里记着一年所发生的事情，而事情可是非常多的：有许多已经被忘记了，比如在说话上、思想上对上帝、我们的邻居以及自己的良心，所做过的罪恶行为。我们想不到这些事情，当然，安妮·莉斯贝也有想不到这些事情。她只知道，她并没有做出破坏这个国家的法律的任何坏事，她是一个善良、诚实的人，而人们也是看得起她的，这一点她是知道的。

　　她沿着海边走着，发现前边躺着一件什么东西。她停下来。那漂上来的是一件什么东西呢？那是一顶男子的旧帽子。它是从哪里漂来的呢？她走过去，停下来仔细地看了一眼。啊！这是什么东西呢？她忽然害怕起来，事实上这并不值得害怕：这不过是一块长长的石头上缠着些海草和灯心草、样子像一个人的身体罢了。虽然只是些灯心草和海草，却使她害怕起来。她继续向前走，但是却想起了儿时所听到的更多的迷信故事："海鬼"——漂到荒凉海滩上没有人埋葬的尸体。尸体本身是不会伤害任何人的，不过它的魂魄——"海鬼"——却会追着孤独的旅人，紧抓着他，要求他把它送进教堂，把它埋进基督徒的墓地里。

　　"抓紧！抓紧！"一个声音回响在她耳边。当安妮·莉斯贝想起这几句话的时候，她清晰地记起了她做过的那个梦，而且是那么生动——那些母亲们使劲儿地扯着她，喊着："抓紧！抓紧！"她脚底下的地面崩裂塌陷地向下沉，她的衣袖被她扯得粉碎，而在这最后审判的时候，她的孩子虽然托着她，但她还是从孩子的手中跌落下来。那是她的孩子，她自己亲生的孩子，但她从来没有爱过他，甚至从来没有想过他。而这个孩子现在就躺在海底下。他永远也不会像一个海鬼似的爬起来，叫着："抓紧！抓紧！把我埋进基督徒的墓地里！"当她想到这些的时候，恐惧使她加快了步子，飞快地向前走。

　　惊恐像一只冰冷潮湿的手，紧紧抓住她的心，使她几乎要昏过去了。当她向海上望去的时候，天色正慢慢地变得昏暗。海上升起一层浓雾，飘忽忽地蔓延到灌木林和树上，掩掩映映出现许多的奇形怪状。她掉转身望向她背后的月亮，月亮像一面没有光辉的、淡白色的圆镜。她的四肢像是被什么沉重的东西压住了：抓紧！抓紧！她又想到。当她再次掉转身望向月亮的时候，月亮的白面孔就像贴着她的身一样，而浓雾就像一件尸衣似的裹在她的肩上。"抓紧！把我埋进基督徒的墓地里去吧！"一个空洞洞的声音传到她的耳朵里。这不是沼泽地的青蛙，也不是大渡鸟和乌鸦发出来的，因为她根本没有看到这些东西。"把我埋葬掉吧，把我埋葬掉吧！"这声音一直重复着。

是的，这是"海鬼"——是她躺在海底的孩子的魂魄。除非有人把它埋进基督徒的墓地里去，否则这魂魄是不会安息的，是的，除非有人在基督教的土地上为它砌一个坟墓。所以，她得向教堂走去，她得去那儿挖一个坟墓。于是她朝教堂的那个方向走去，这让她就觉得轻松了许多——甚至觉得负担变得没有了一样。当她有这种感觉的时候，她又打算掉转身，沿着那条最短的路跑回家去，但是马上那个担子就又压到她身上来了：抓紧！抓紧！就像青蛙的鸣叫，鸟儿的哀鸣一样，她听得非常清楚。"为我挖一个坟墓吧！为我挖一个坟墓吧！"

她的手和面孔因恐惧而变得跟雾一样又冷又潮湿。压力从四面八方向她压过来，但是她心里的思想却在无限地膨胀。这是她从来没有体验过的一种感觉。

在北国，山毛榉用一个春天的晚上的时间就冒出芽，第二天一见到太阳就展现出它幸福的青春美。跟这一样的，在我们的心里，藏着我们过去生活中罪恶的种子，也会通过思想、言语和行动在一瞬间冒出芽来。这种子在我们良心一觉醒来的时候，只需一瞬间的工夫就会长大和发育。在我们最想不到的时刻使它起这样的变化的是我们的上帝。因为事实摆在面前，什么辩解都不需要，这就是见证。思想变成了语言，而语言是无论你在世界的哪个角落都可以听得见的。当我们一想到我们心中所藏着的东西，一想到我们在无意和骄傲中所种下的种子还没被我们毁灭，我们就会恐惧起来。心中藏着的可以是美德，也可以是罪恶。即使是在最贫瘠的土地上它们也可以繁殖起来。

安妮·莉斯贝的心里深刻地体会到了我们刚才所讲的这些话。她感到极度的惊恐不安，她不能行走了，倒在地上，只能向前爬几步。一个声音说："请把我埋葬吧！请把我埋葬吧！"如果她能在坟墓里忘记这一切的话，她宁愿把自己埋葬了。这个时刻令她充满恐惧和惊惶的、却有些醒觉。迷信使她的血忽冷忽热。那许多她不愿意讲的事情，现在都涌到她心里来了。

一个她从前听人讲过的幻象，静寂地在她面前出现，就像明朗月光下面的云彩一样，四匹眼里和鼻孔里射出火花嘶鸣的马儿疾驰过她的身边。它们拉着一辆火红的车子，里面坐着一个坏人，他在这地区横行霸道了一百多年。据说每天深更半夜的时候他都要跑进自己家里一次，然后再跑出来。他的样子跟一般人所描述的死人并不一样，他的脸并不是惨白得毫无血色，而是像熄灭了的炭一样漆黑。他一边对安妮·莉斯贝点头，一边对她招手：

"抓紧！抓紧！你可以在伯爵的车上再坐一次，然后忘掉你的孩子！"

她急忙避开，然后走进教堂的墓地里去。她看到黑十字架和大渡鸟在她的眼前混做一团。大渡鸟跟她在白天所看到的那样尖声叫着。不同的是现在她听懂了它们所叫的内容，它们说："我是大渡鸟妈妈，我是大渡鸟妈妈！"每一只大渡鸟都这样说。安妮·莉斯贝知道，如果她不挖出一个坟墓来，她也会变成这样的一只黑鸟，也将永远像它们那样叫。

她跪到地上，用她的手在坚硬的土上挖一个坟墓，而她的手指都流出血来。

"把我埋葬吧！把我埋葬吧！"这声音又在喊。她害怕在没有挖好坟墓以前鸡会叫起来，而东方会出现彩霞，如果那样的话她就没有希望了。

当鸡叫了，东方也现出亮光的时候，她不过只挖了半个坟墓。一只冰冷潮湿的手从她的头上和脸上一直摸到她的心里。"只挖出半个坟墓！"一个声音哀叹着，然后就渐渐地沉到海底。而他，就是"海鬼"！

安妮·莉斯贝昏倒在地上。她不能思想，也失去了知觉。

当她醒过来的时候，已经是阳光明亮的白天了。有两个人把她扶起来。事实上，她并没有躺在教堂的墓地里，而是躺在海滩上。而那半个坟墓是她在沙上挖的一个深洞。她的手指流着血，那是被一个破玻璃杯划破的。破玻璃是个尖端的脚安在一个涂了蓝漆的木座子上的破酒杯。

安妮·莉斯贝病了。良心和迷信纠缠成一团，令她也分辨不清，但是她相信她现在只剩下半个灵魂，而另外半个则被她的孩子带到海里去了。对于天国，她将永远不能到达，并且接受慈悲了，如果要这样，除非她能够收回被带到水底的另一半灵魂。

安妮·莉斯贝回到家里以后，已经不再是原来的样子了。她的思想像绞成了一团的乱麻。而她只能抽出一根线索来，那就是把这个"海鬼"运到教堂，把他埋进基督徒的墓地里去——只有这样做她才能收回她的另外一半灵魂。

很多晚上她都不在家里，人们常常看见她在海滩上等待那个"海鬼"。就这样她整整等了一整年。但是有一天晚上她消失了，人们再也找不到她。即使第二天大家找了一整天，也没有找到她。

牧师黄昏到教堂里来敲晚钟的时候，他看见安妮·莉斯贝跪在祭坛的脚下。事实上，她从大清早起就跪在这儿了，以至于现在她已经没有一点力气了，但是她的眼睛却仍然光彩熠熠，脸上仍然现出红光。天空中最后的晚霞照着她，夕阳射在那摊在祭坛上的圣经的银扣子上。而几句话圣经摊开着的地方显露出来，那是先知者约珥的几句话："你们要撕裂心肠，不撕裂衣服，归向上帝！"

"这完全是巧合，"人们说，"很多事情都是偶尔发生的。"

在太阳光中，安妮·莉斯贝的脸上，露出一种平和和安祥的表情。她说她感到非常快乐，因为她现在重新获得了她的灵魂。昨天晚上那个"海鬼"——她的儿子——是和她在一起的。这幽灵对她说：

"虽然你只为我挖好了半个坟墓，但是在一整年中，你却在你的心中为我砌好了一个完整的坟墓。而这是一个妈妈能埋葬她的孩子最好的地方。"

他不仅把她失去了的那半个灵魂还给她了，同时还把她领到这个教堂里来。

"现在我呆的地方是上帝的屋子，"她说，"在这里我们全都感到愉快！"

当太阳落下去的时候，安妮·莉斯贝的灵魂就升到另一个境界里去了。其实，当人们在人世间作过一番斗争以后，对于去到那个境界是不会觉得痛苦的；当然，安妮·莉斯贝是作过了一番斗争的。

孩子们的闲话

　　一个大商人举办了一个儿童招待会。有钱人家的孩子和有名人家的孩子都来参加了。这是个很了不起，又很有学问的商人：因为他和善的父亲要他上进，所以，他考进了大学。他的父亲本来是一个牛贩子，因为他的老实和勤俭，他积攒下了钱，而且越积越多了。他不但聪明，而且心地善良；只是人们只关注他的钱，却很少想到他的良心。

　　常有名人出出进进这个商人的家——有所谓有贵族血统的人，也有知识渊博的人，或者两者都有的、或两者完全没有的人。现在儿童招待会或者说儿童谈话会正在举行，孩子们心里想到什么就可以讲什么。孩子中有一位很漂亮的小姑娘，她可是非常的骄傲。不过这种骄傲不是她的父母——因为他们在这一点上还是非常有理智的，而是因佣人老吻她而造成的，她的爸爸是一个"祗侯"——这可是一个很厉害的职位——她知道这一点。

　　"我是一个祗侯的女儿呀！"她说。

　　不过她也许是一个住在地下室的人的女儿。谁也没有办法选择自己的出身，不过她却可以这样告诉别的孩子们，说她的"出身很好"；同时她还会说，如果一个人的出身不好的话，那么他也就不会有什么前途了。因此他读书或者非常努力也没有什么用处。所以一个人的出身如果不好，那么他自然什么成就也不会有。

"凡是那些名字的结尾是'生'字的人，"她说，他们在这世界上绝对不会有什么成就的！所以人们应该把手叉在腰上，跟那些名字结尾是'生'字的人保持远远的距离！"所以她就把她美丽的小手臂叉起来，把胳膊肘儿弯着，一副以身作则的样子。但是她的小手臂真是漂亮，她也是非常的天真可爱。

不过这让那位商人的小姑娘非常生气，因为她爸爸的名字叫"马得生"，名字的结尾正好是"生"。因此她尽量摆出一种骄傲的神情说：

"我的爸爸能买一百块大洋的麦芽糖，叫大家挤作一团地来抢！你的爸爸能吗？"

"哼，"一位作家的小女孩说，"我的爸爸能把你的爸爸和所有的'爸爸'放在报纸上发表。因为他统治着报纸，所以我的妈妈说大家都怕他。"

这个小姑娘像一位真正的公主一样昂着头。

在那扇半掩着的门外站着一个穷苦的孩子，他正在通过门缝朝里望。这孩子是那么卑微，他甚至连走进这个房间里来的资格都没有。因为他帮女厨子转了一会儿烤肉叉，所以她准许他站在门后偷偷地瞧这些漂亮的孩子们，看他们在屋子交谈。这对他说来已经是很奢望的事情了。

"啊，要是我也在他们中间的话该多好！"他想。于是他听到了他们所讲的一些话。当然，这些话使他感到非常难过，他的父母连一个买报纸的铜子都没有，更别说在报纸上写文章了。最糟糕的是他爸爸的姓——当然也就是他自己的姓——结尾是一个"生"字！也就是说一定不会有什么前途了。这真叫人伤心！不过他究竟是出生了，而且在他看来，他出生得也很好，这是不用怀疑的。

这就是发生在那天晚上的事情！

　　从那以后，许多年过去了，孩子们也都成了大人。

　　这城里有一栋非常漂亮的房子，它里面摆满了美丽的东西，大家都很喜欢来参观，甚至住在城外的人也跑来看它。这栋房子可不属于我们刚才所谈的那些骄傲孩子之中任何一个的，那它是谁的呢？事实上，这是很容易弄清楚的！是的，并不太难。这栋房子是属于那个穷苦的孩子的——他已经成了一个伟大的人，尽管他的名字的结尾是一个"生"字——他就是多瓦尔生。

　　那我们刚才说的那三个孩子呢？那个有贵族血统的孩子，那个有钱的孩子，那个在精神上非常骄傲的孩子怎样了呢？哦，他们彼此都没有什么话说——因为他们都是一样的人。他们的命运都很好。那天晚上他们所想的和所讲的事情，不过都是孩子的闲话罢了。